牛郎謀殺案

Turkish Delight Mystery

the Gigolo Murder

Mehmet Murat Somer

馬赫梅・穆拉特・索瑪——著　李建興——譯

狀況好的時候，我很厲害。
狀況差的時候，我更厲害。
——梅．蕙絲

我支持審查制度。
畢竟，我靠它發了財。
——梅．蕙絲（美國已故豔星）

主要人物表

柏薩克·薇拉　我，電腦駭客，變裝夜店老闆，精通泰拳與合氣道，深愛奧黛莉赫本，本系列主角
索菲亞　已退休變裝藝人，人脈複雜，曾是主角精神導師，現在是宿敵
澎澎／撒迦利亞　變裝皇后、登台藝人，主角的好友
肯尼　夜店的保鑣，高大魁梧
哈山　夜店的侍者，性向不明，人緣佳，低腰牛仔褲經常露出股溝
奧斯曼　夜店的DJ。
蘇克魯　夜店的酒保，喜歡美少男
胡笙·塔利普·柯札拉克　社區的計程車司機，迷戀柏薩克
阿里　外號點鈔機，電腦公司自營商。柏薩克白天正職工作的老闆
哈魯克·佩克登　英俊的律師
卡儂·哈諾格魯·佩克登　國內保守大黨「目標黨」的接班人，與費維茲是兒時好友
法魯克·哈諾格魯　高利貸業者，卡儂的胞兄，涉嫌殺害小巴司機沃坎·薩里多干
妮梅特·哈諾格魯　法魯克之妻
沃坎·薩里多干　被殺的牛郎，小巴司機，擁有傲人的性器，恩客男女不拘
歐坎·薩里多干　沃坎的毒蟲弟弟
濟亞·哥塔斯　沃坎的姊夫與舊情人

薩米	法魯克的合夥人
賽錫克・塔揚	主角的童年好友，現任警察局長
艾拉・塔揚	主角童年好友，曾是情敵，現爲賽錫克之妻
聖戰2000／凱末爾・巴魯蘇	電腦駭客，殘障坐輪椅，性癖怪異
凱漢	有前科的專業竊賊
雅夫茲	郊區的年輕人，夜店顧客，通常打赤膊跳舞
依佩坦	變裝友人，很時髦，高雅，信仰《哈潑時尚》雜誌
莎蒂	家庭打掃女佣
瑞菲克・阿爾坦	同性戀詩人，作詞家
賽姆・葉格諾魯	催眠治療師

夜店的小姐們

帕米爾／雅哈亞	稱號「悍婦」，體格高壯的變裝癖者，擅扮性虐待女王玩花樣
貝札	胖子變裝者，稱號「卡車貝札」
黛梅特・契里	不除毛，有點變態，稱號「毛怪黛梅特」
卡拉卡斯・露露	夜店的暴躁變裝者
莎卡莉・芭比	夜店變裝者，稱號「鬍鬚芭比」
梅塔	高大戴紅假髮的夜店變裝者
艾琳	夜店變裝癖者，愛穿薄透衣衫袒胸示人

1

超級帥哥哈魯克回來時臉色蒼白。即使在光線昏暗的室內，他臉上明顯毫無血色。

「剛才是法魯克打來，他涉嫌謀殺被捕了。」

我們兩人都驚訝地看著他。

「我沒聽懂。」問的是卡儂，打扮成時髦女郎的他老婆。

「因爲涉嫌謀殺一個小巴司機。」

他說話時歉疚地看著我，因爲壞消息，很抱歉毀了一個原本愉快的夜晚。

事情就是這麼開始的。當我的好友澎澎在伊斯坦堡最時髦最潮最貴的夜店之一登台演出轟動的大秀，又一件命案掉到我頭上。我業餘偵探的熱情突然點燃，一陣胃縮。

可想而知，這故事的開頭有個前奏。我陷入人生最低潮。如果要用顏色形容，就是紫色，我被囚禁在一大塊紫水晶裡。

我已經很久沒出門，也好幾天沒刮鬍子。我偶爾會瞥見鏡中的陌生人：介於屍體和鬼魂之間。那不可能是我。我陷入深淵，無法浮起。當然這不是我第一次低潮，但這次不一樣。

我原本期望一段認眞的交往，甚至愚蠢地沉溺於幻想未來。我想像我們白頭偕老，在早晨並肩刮鬍子，在電視前打盹，一起長途旅行。我沒預見任何輕微摩擦，除了爭奪早晨報紙等常見的爭執，或是誰忘了蓋上牙膏蓋子的場面。

我喜歡在他的氣味中醒來，依偎著他金黃色的胸毛。我甚至開始減少去店裡，當他晚上回家時盡量留在家。他的作息剛好跟我相反：早上出門，晚上回家，跟我的生活節奏顚倒。我通常在午夜前出門，天亮時回家。但我眞正想要的是跟他過夜，在他身邊，說說話。他很欣賞我的廚藝讓我瘋狂，我做菜時他會從我背後，伸出雙手環抱我吻我，在餐桌上跟我做愛，就像傑克尼柯遜和潔西卡蘭芝在《郵差總按兩次鈴》那樣。

我們的戀情就像任何兩個男人的關係一樣融洽。他不以我爲恥，介紹我認識他的朋友甚至子女。他對我選擇的社會身分、穿著、無論我們出門時我打扮成男或女，都不會大驚小怪。他說他就愛我現在這樣子，原汁原味，不試圖改變我。

我們的關係尚未轉變成權力鬥爭，沒有爭奪優勢的競賽。

他向我解釋過爲何必須結束，但我還是不懂。我從每個可能的角度檢討一切，反覆分析我記得的每字每句。但我找不到問題的答案：爲什麼？

據說每個故事都有等著用幻想與虛構塡補的眞空。每當我們的關係出現這種眞空，我總是找不到。要是找得到，能設法塡補，就能釋懷。但我沒辦法。要不是缺乏想像力，就是我的腦子沒用了。

我初次發現哀愁加上心碎的肉體反應，止痛藥沒用。

電話線拔掉。謝絕訪客，起初有禮貌，然後嚴厲，不管他們的感受。我一點也不在乎失去多少朋友。因爲我已經孤單到了極點。被拋棄。在最終方程式裡，加一個或減兩個朋友又有什麼差別？孤伶伶沒人理，那就是我。

在以前，我的痛苦會變成憤怒。或許因此現在才這麼難過。我哭不出來，也無法生氣。束手無策。

我軟弱得無法自拔。如果我能擺脫，就能過關，我知道。我懂，沒聽過，沒在書上看過，也沒在電影裡看過任何人陷入這種狀態。這是完全不同的事。沒完沒了又毫不留情。雨永遠下不停，天空永遠籠罩陰霾，不見天日，而我越來越瘦，雖然我只吃垃圾食物，老是發抖，恐懼萎靡到形銷骨立。對，我的個案完全不同。

爲了紓解腹中劇痛，我搜索廚房的櫥櫃。沒什麼可吃。我拿著半包過期的洋芋片回到床上，床單餘溫未消。

門鈴響了。我絕對不會開門。無論是誰，隨他們按個不停，厭倦後自己走掉。我不理會聲音，繼續喝著咖啡看電視上的MV。

有人猛敲門。

「我知道你在家。快開門，不然我把門拆了。」

是澎澎。我忠誠、奉獻、永遠開朗的好友澎澎。但在當下，她那些令人激賞的特質，只是更煩人。

她不可能打得破鋼門。我不管她，調大電視音量掩蓋騷亂。澎澎拉開嗓門叫起來。她多年前上過的發聲課果然有用，如今讓她在我家發出像巔峰時期的瑟塔．艾蕾娜（土耳其女歌手Sertab Erener）那種淒厲的尖叫。幸好，她叫聲傳達的感情多過每首歌都唱得完全缺乏感情的艾蕾娜。澎澎的叫聲有點威脅性，她在公開霸凌我。這時，整棟大樓每個人應該都聽見了。

「你再不開門，我就叫警察來破門。我說眞的。馬上給我開門！」

她玩眞的。就像其他小姐，澎澎一向不知分寸。我等到REM的〈*Losing my Religion*〉播完，再次確認這是我生平最愛，而且很適合在我極度憂鬱時聽。

澎澎顯然不打算離開。尖叫聲斷斷續續，但是敲門聲沒停。我決定開門。就編個藉口打發她走吧，要是失敗，我就痛罵她一頓趕她回去。

我剛打開一條門縫，她就硬擠進來。

「聽好了，妹子，如果你想害我擔心死，放棄吧。我會先扭斷你脖子！」

澎澎起碼跟我一樣高，但體重接近兩倍。這不是隨便說說的威脅，因爲她抓住我手臂把我推進來，我無法用泰拳或合氣道自衛。

「別煩我。」我說。

她抓得我手臂發痛。

「休想。」她吼道，「我是來幫你脫離低潮的。這麼沮喪幹嘛，親愛的？夠了，好幾個星期了。你搞得好像全世界沒其他男人，何況你這麼漂亮？男人到處都是！」

她瞪大眼睛講個沒完，彷彿那是唯一的問題。

「別跟我拉長臉！除非你振作起來，否則我哪裡都不去。」

「夠了澎澎！拜託……走吧。不要管我！」

「你眞是個瘋子！我來這兒是自己的意思，等我滿意了自然會離開。我可不聽你的命令。哼！」

我連一根手指都舉不起來。澎澎是出了名的執拗。她一旦下定決心，就沒得商量。

她先開燈，然後拉開窗簾。我不懂她幹嘛多此一舉，外頭也是黑的。

「這裡好悶。」她打開窗戶，一陣濕潤涼風塡滿室內。伊斯坦堡正面臨嚴峻寒冷的冬季。

「澎澎，你聽見我的話了。走吧！」我說，很驚訝自己的語氣還有活力。

「別傻了，唉唷。你腦子糊塗了，你失常……」

「我說走吧！唉，快滾！」

「看，你說了『唉』。你改變主意了，而且你的眼睛明明在發亮。」

「你是指發亮的匕首吧。」我糾正她。

「呃，反正是在閃亮。」她反駁。

「澎澎，我精神不好。別逼我。我不適合鬥嘴。直接走到門口，回家吧。」

「唉唷，你以為你在命令誰呀？我讓你緊張了，對吧？沒錯，老兄！連我都想笑了。唉唷，這陣子一直都是你在煩我。」

「這是我的房子。」我指出，「是我家，我不想看到你。沒得商量。」

「你不知道自己在說什麼。你先去洗個澡，刮鬍子化好妝。這樣你就準備好可以聊天了。」

她散發著能量，用最無意義和無用的方式閃閃發光。

澎澎用眼神打量我，或許她在計算我到底瘦了多少。以我的鬍渣和黑眼圈來看，我一定邋遢到了極點。

「唉！」她又尖叫，再次展示長期上正式發音課的成果。「你是怎麼搞的？你只剩皮包骨，我不能這樣丟下你。而且你的衣服好臭。快去！馬上進浴室！」

我被拖到浴室去。我沒力氣反抗。像個無助的小孩，我投降。

「是要自己洗，還是我動手？」

「我可以自己洗。」我低下頭說。

「很好。」她乾脆地回答，但離開時沒忘記拿走鑰匙。「不要鎖門……」

她一定是怕我會做傻事，我根本沒想過這麼激烈的手段。頂多，我會把自己關在裡面等她離開。但澎澎比賽耐心或考驗意志力從來沒輸過，她一定會贏。

澎澎就住在一條街外。她什麼都知道，對一切議題都有堅定意見，什麼問題都有對策。她會神秘兮兮提到許多冒險，據稱品嘗過所有可想像的愛情滋味，用每種可能的體位嘿咻過。不過，我從來沒聽說過她跟誰交往，只有無盡的單戀。

她宣稱當變裝者純粹爲了激怒家人。她也說她從未在街上站壁，她一向太「高貴」無法做那種事。她在同一家夜店工作很多年，夏季會去波德倫登台表演。她當然很有恆心。是我們這小圈子的長老，我們閃亮舞台上的伊迪茲．肯特，甚至貝迪雅．穆瓦希特（兩者皆是資深女星）。澎澎會畫心形嘴唇、化歌劇的濃妝，就像貝迪雅，也常用曖昧的機智逗我們捧腹大笑。

我打開吹風機時，她探頭進來。

「幹得好。」她說，「看看你現在好多了，像雛菊一樣清新。」

她從頭到腳研究我的裸體。顯然，她不怎麼欣賞。

「你上次吃飯是什麼時候？看起來活像衣索匹亞難民。」

「我有吃飯。」我愧疚地反駁。

「別騙我。廚房什麼也沒有，我也檢查過垃圾桶。空的。」

我不太高興她竟然連我的垃圾都搜過。但是，話說回來，她的關心令我欣慰，給我一種驕傲感。

「我剛吃了些洋芋片。」

她皺起臉，表情像我的堅果一樣驚訝。

「那不算。垃圾不能取代真的食物！」

澎澎相信均衡飲食跟健康有直接關係，健康的胃口跟心靈快樂也是。

「你的腿毛也長出來了，但是我們改天再處理。」她說，「你去刮刮鬍子吧，我等你。」

刮鬍子比我想像得困難。我用顫抖的雙手開始做從前每天輕鬆完成兩次的事情。現在我怕刮傷臉。恐懼！對，恐懼感。內心深處，我仍有一絲自戀的火花。我的情感並非完全乾涸死亡。我還能感到恐懼。

「怎樣？」

我轉過半覆蓋著刮鬍膏的臉，眼神空洞地看著她。

「我的天，你快餓死了。我一看到你就該發現的。」

她走到我身邊丟了一塊硬掉的糖果到我嘴裡，我不曉得她從哪裡找到的。

「會有幫助，補充能量。」

她眨個眼又說，「至少暫時啦。」

她自己也在吃糖，講話時豔紅的嘴唇嘟成一圈。肉桂口味。

我走出浴室後，澎澎叫我坐她對面，開始聊起誰跟誰做了什麼，同時用她一貫誇張的風格把一層厚妝塗到我臉上：打上一層又一層的粉底；我的眼皮上，至少有四種不同深淺的眼影；嘴上則是淡紫色唇膏跟鉛筆畫上的深紫色唇線。

當我對鏡看自己，忍不住傻笑。我看起來活像歌舞伎，抽象化、塑膠版的自己。

澎澎誤解了我的微笑。

時。

「你喜歡，對吧？」她說，「看起來很美。像嬰兒背一樣光滑，幸虧有我。」

「你不覺得有點過頭嗎？」我膽怯地試探。

「一點也不。很適合你這種長相清秀的年輕人，我知道你多喜歡粉彩。」

她確實體貼地選用了我最愛的粉彩，但是分量至少足夠再畫三張臉。刮下來至少花掉我半小時。

我勉強擠出微笑，這次誠懇一點。沒用。在澎澎面前拚命假裝沒有意義。當她發現我並不喜歡她的手藝，臉色垮了下來。

衣櫥裡挑出來的每件衣服對我都太大。這些年來我拚命維持的奧黛莉．赫本體型不見了，迅速轉變成崔姬（英國扁瘦名模寧絲利．漢拜的暱稱），還像罹患了慢性厭食症。

「你眞糟糕。」澎澎證實，「再這樣下去只能去童裝部挑衣服了。」

我們終於選定了我很少穿的一件亮紅外套跟迷你裙。我想奧黛莉．赫本在《謎中謎》穿過同樣的衣服，唯一差別是她穿淡粉紅色。

我把外套舉到身前，觀察鏡中的自己。我原本希望微笑能讓自己感覺好一點。

「不行，你需要另一種唇膏。」澎澎瞇起眼睛觀察，她似乎認爲我唯一的問題是淡紫跟紅色不搭。衣服顯然太大，而且露出來的雙腿太瘦又有腿毛。

「不搭。」我說。

澎澎嘟著嘴，抬起一側眉毛，上下看著我。

「你說得對。」她同意，「不搭。」

我脫掉裙子和外套，垂頭喪氣跌坐到床角。她過來坐在我旁邊，伸手攬我的肩拉近我。我把頭倚在她身上。

我們沉默半晌望著對面全身鏡中的自己。她坐直身子，豐滿的胸部昂然挺立。我垮下肩膀，癱軟地靠到她身上。像個需要保護的小孩。瘦削虛弱、眼神驚恐的小孩，排骨突出。俗豔的化妝更強化了效果：輕浮的小丑臉，加上一副衰弱、毛茸茸的身體。

她輕撫我肩膀，俯下身來吻我頭頂，然後抱緊我，看著鏡中的我。

我想哭。完全崩潰，在她結實溫暖的肩上哭泣。哭得鼻涕口水橫流。但我做不到。澎澎無聲地代替我哭了。

「我的睫毛膏要糊掉了。」她說，苦笑一聲。

但她繼續哭。或許她想起很久以前的冒險，她老愛提起，總是以心碎收場，讓她麻木又堅強的轟轟烈烈情史之一。也可能她哭只是希望我也加入。

但我沒有，我哭不出來。

2

吃飽後，澎澎帶我去「開心」的地方正是她工作的夜店。快到她上台，又不想丟下我，就拖著一起去。我沒看過她的新節目，也一點都沒興趣。畢竟，我看著她表演很多年了。這次又能有多少新花樣呢？

我們一進門，她迅速交代領班事情。關於我的。她的用意是確保他們會好好招呼我。意思是，她想要確保我受到同情！

領班是個老練堅毅的大叔，同情地點點頭。他抿著薄嘴唇，打量我。我猜想他以爲這個姿勢能表現出理解與體會我所遭受的折磨。

他們倆繼續交談。像個眞正的藝人，澎澎在勘查場地，收集觀眾資訊。她笑著轉向我。

「我有兩個好朋友來了。我會安排你坐他們那桌，你一定會喜歡。他們好高雅，至少會有個男人讓你品頭論足。」

「或許我可以自己坐？在後排？」

「我不想聽這種蠢話！你想要的話還可以從舞台側翼看我。眞的，親愛的！」

我被澎澎幾乎硬塞進我喉嚨的食物搞得昏昏欲睡，沒力氣反應，更別說爭論。在家裡，我只想要躺到床上。但是晚餐時她給我的維他命B12開始生效。沒錯，我一定振奮起來了。

我們跟著領班走到澎澎的貴賓那桌，他們就坐在舞台前方。

澎澎和他們吻頰、打招呼。我刻意保持距離。根本還沒看到臉，已經對他們自信的笑聲和輕柔的喉音退避三舍。但是命運把我交給澎澎照顧，無法避免的總是會發生：她轉身介紹我。

卡儂．哈諾格魯．佩克登是大家所謂「正統淑女」的體現：美麗、傲慢、優雅又冷淡。可想而知，她沒有起身，只對我伸手微握，掌心略微朝地免得我錯過那枚大鑽石戒指。她也秀了手上那些形狀優美的法式假指甲。

她的頭髮做成最新流行的樣式，化妝簡單到好像素顏——而且她的妝比我漂亮多了——衣服顯然就是「名牌」，首飾數量很少，但無疑有保險，全身上下圍繞著Vera Wang的夏日氣息。換句話說，我羨慕得臉都綠了。

她的深綠色眼珠顯示她既聰明又會算計。

我轉向她老公，他懂得怎麼對待女士，站了起來。當我把目光從坐著的老婆移到他身上，第一次感到震驚：好帥啊！

「我是哈魯克．佩克登。」他低聲說，跟我握手。我的膝蓋發軟。「我們很榮幸今晚有你加入。」

對，我也是。我感到自己臉紅了，好在澎澎塗水泥漆般的手藝能遮掩我臉上的紅光。

把我交給朋友後，澎澎走向她的化妝間。

哈魯克．佩克登是專辦企業訴訟大案，偶爾也控告媒體誹謗的知名大律師。任何正經生意人都會帶著名片。我只能猜想他曾令多少法庭書記官和資淺律師臉紅心跳。他本人甚至比我在報紙、雜誌和偶爾電視新聞上瞄到的印象更好看。雖然他算得上值得多看一眼的人，也清楚證明不是每個人都很上鏡頭。對，他就是那種臉蛋好看但攝影機無法忠實呈現的人。

我立刻被指派爲話題的配角：卡儂壟斷和哈魯克的對話，假裝她牽制住他是爲了我好。聊著太陽底下的所有事情。

我呆坐著，沉默又丟臉，化著醜妝穿著不像樣的行頭，應該療養未癒合的傷口，卻爲了身邊無法到手的男人小鹿亂撞。簡單說，我困窘於整個狀況。不過，他們說什麼我都微笑，盡量用最簡短的方式回應。

卡儂努力用鈴鐺般清脆語氣、清晰念出她繼承自父親的姓氏——哈諾格魯的每個音節，她不像我對上流階級的預期，不是閒著沒事幹的貴婦，積極參與家族的紡織生意。他們有海外的門路。她提到，當然只是順便，她經常被迫飛去英國。

我祈禱澎澎趕快在舞台上現身，今晚剩下的時間我就可以看別的地方，不用再禮貌地看他們的眼睛；或者該說，我不用再壓抑自己猛盯著哈魯克。我仍然因爲被拋棄而心痛，我的靈魂像夜一樣黑暗，垂涎一個從每顆毛細孔散發異性戀氣息的男人沒有任何意義，何況他就坐在我對面和溺愛的老婆旁邊。有時一件事可能導致另一件，謹慎的序幕未必是壞事，但我沒勇氣。我怕我脆弱受傷的自尊再遭受一次重擊，可能超過我的承受極限。

雖然我掙扎著迴避他的目光，我們三人圍坐的桌子很小。即使我矜持地垂下目光，仍看得見那雙手，一手拿著威士忌杯，另一手偶爾伸出來拿堅果：修飾良好，遍布血管的手因爲玩極限運動變得又大又壯，但完全沒有長繭。他指甲很寬，邊緣彎曲，沒有剪太短。戴著婚戒，是完美的手上唯一汙點。我不是戀手癖，但那對手掌眞是迷死人。我願意讓它們摸遍全身。甚至……

澎澎在千鈞一髮之際上台。

她的新節目是拉丁主題，從賽維亞那斯舞的動感節奏到探戈的肉慾激情。森巴、佛朗明哥、響板、多層次舞裙……褶邊裙在佛朗明哥舞曲派上用場之後，脫掉，露出開高叉到臀部的緊身裙和網襪，然後一名稍微裝腔作勢，但是高大健壯的探戈舞伴出場……

傻笑的暴君嫉妒地護衛著屈服的澎澎，這時她已滿身大汗（把她相當可觀的體重投入他懷中，死命抓住），同時哈魯克接聽了他的手機。他教養良好不會容許電話在表演中響起，所以一定是察覺到來電震動。他歉疚地看看我和他老婆，聽了一會兒。不論在吵鬧的拉丁舞曲中聽到什麼，他的臉色大變。卡儂跟我都警覺地看著他。

「抱歉，我馬上回來。」他起身走向門口同時說，手機仍貼在耳朵邊。

澎澎一拍也沒跳錯，扭臀踢腿，用眼角餘光看著我們，無疑正在猜想哈魯克爲何突然離席。她眞專業，我想我是唯一注意到這點的人。

「一定是他的客戶。」卡儂解釋，「他們老是在最不巧的時候打來，我猜這代表大亨們確實有些缺點。」

「我相信一定有。」我低聲附和。

「他們認爲出了錢就有權力隨時打來。」

「我相信他們付錢就是爲了這個方便。」我更加同意地說。

她露出軟弱的微笑，然後把臉轉向舞台顯示我們的簡短對話結束。從她側臉對我露出的嘴唇曲線顯示，雖然在她小世界之外的事情對她沒什麼意義，她絕對不容別人冒犯。

我不嫉妒，還沒有。但我要是嫉妒——這還挺常發生的——也是針對卡儂這種人。光憑她跟哈魯克同床共枕就是足夠的理由。但即使沒有，她的女性魅力也會激發嫉妒。

哈魯克回座時明顯臉色蒼白。即使在昏暗的室內，也看得出他臉上沒有血色。

「剛才是法魯克打來。」他說。

這是對卡儂說的。畢竟，法魯克這個名字對我沒有意義。

「他因爲謀殺被捕了。」

我不是桌上唯一震驚的人。但只有我崇拜地凝視著哈魯克。她繼續講話。

「我不懂。」

「涉嫌殺了個小巴司機。」

他說話時歉疚地瞄我一眼，他的眼睛深邃又迷人。我好想要鑽進他的眼中，完全交出我自己。

卡儂可不會讓我這麼做。

「他出車禍了嗎？」

「親愛的，你知道他們不會爲了車禍當場拘捕任何人。」

當澎澎正要展開精采結尾，發現她坐在VIP桌的貴賓專注在彼此身上，而非她的表演，她從台上奚落說。

「先生，你可以等表演結束再跟小姐講價嗎？」

三對憤怒的眼睛突然瞪著她，澎澎發現她嚴重失禮。她甚至愣了一下。

「恐怕我得馬上告退。」哈魯克說。

「我也要去。」

「可是這樣對我們的客人太失禮了。」

在這種時候他還想到我，即使澎澎把我硬塞給他們、仍稱呼我是他們的「客人」，讓我充滿榮耀而滿心寬容。

「我必須堅持你們趕快去。這種時候不用顧慮我了。你們有要緊事。而且澎澎是好朋友，我不會落單太久。我會轉達你們的遺憾。請便，走吧。」

「眞是太不巧了。」哈魯克說，一貫紳士風度。但他們還是丟下我離開，兩人都給我名片同時祝我晚安，安慰我說他們希望盡快有機會碰面。澎澎驚訝地望著他們的背影走出夜店。

我忍不住也看著他們離去的背影。多麼郎才女貌啊！我的目光飄到哈魯克的屁股。他雙手插在褲袋，讓外套掀高。他褲子的高級布料——必定是絲織品——緊貼著健壯養眼的豐臀，像顆新鮮蘋果飽滿的兩瓣，即使從我坐的位置都看得見那美妙的舞動，緊盯著，直到他們大搖大擺走出門外。

那就是謀殺案掉到我頭上的經過，把我深深吸進了一連串事件的漩渦。

3

回家途中，我告訴澎澎剛發生的一切。得知他們不是因爲表演太爛走掉之後如釋重負，開始聊起她對卡儂和哈魯克所知的一切。

卡儂出身富家。她源自安納托利亞中部的顯赫家族，在二戰後不久定居伊斯坦堡，不到十年他們的小財富迅速成長爲巨富。她是父親第二段婚姻生下的女兒，也是獨生女，不過哈諾格魯家長跟前妻也生了兩個兒子。卡儂享盡有錢父母能提供的所有特權，包括保姆、私人家教和留學瑞士。她的家族竭盡全力寵壞她，她是溺愛父親眼中的掌上明珠。

澎澎已經記不得哈魯克從哪來，但她知道是在愛琴海一帶。他來伊斯坦堡上大學，接著出國念碩士。雖然英俊的哈魯克可以挑選任何好人家出身的適婚女子，他選上卡儂並不令人驚訝。其實，眾人公認這樁婚事是天作之合。

至於他的法律業務，他不太可能完全嚴守正途：沒有任何嚴謹誠實的律師能這麼快速致富。

澎澎自然留下來過夜，在她監視下，我吞下一杯溫牛奶加一匙葡萄糖漿，還有一大把維他命，然後她送我上床睡覺。

隔天早上我醒來時聞到烤吐司香味，飢腸轆轆，或許是吃了維他命的結果。我貪婪地嗅聞，察覺到各種美味早餐的香氣混雜在麵包中。我再也忍不住，跳下床。

拉開窗簾陽光照進臥室。好幾天來的第一道陽光！這一定是預兆：復活！

聽見我醒了，澎澎開朗大聲說早安。

「啊，我的天！看看誰醒了？這不是我們的睡美人嗎。」

「早安。」我簡短地喊道。

澎澎衝進來找我，穿著她註冊商標的繡花睡袍，臉上掛著頑皮的笑容，同時也畫上了只有她會認同的「居家化妝」。

「去洗臉。」她下令，「早餐準備好了！」

「我知道。香味把我叫醒的，天曉得你準備了什麼。」

澎澎對所有家事都很擅長。只要約一小時，她就能生出橄欖油高麗菜捲、撒上碎胡桃令人垂涎的牛奶核桃雞肉沙拉、手工捲好的菠菜捲餅和幾乎透明的法式千層酥。她的冰箱永遠是滿的，她的手通常忙著在做繡花或精美蕾絲。「我們必須維繫蘇丹王妃的傳統。」她會咬著針線咕噥說，同時在她設計的秀服繡上各種不同的珠子、亮片和飾條圖案。在氾濫著難以形容的俗氣小玩意、飾品和古玩的家裡，澎澎總忙著擦拭銀燭台，燙桌墊，清掃絲絨燈罩上假水晶吊飾的灰塵，在窗簾縫上「增添生機」的手工雪紡蝴蝶。她腦中的家事知識能塡滿好幾本食譜，跟一套完整的家事指南百科全書，給充滿理想的主婦參考。

她做的早餐一級棒，堪稱五星級飯店的正統開放式自助餐。

「櫃子裡什麼都沒有。」我問道，「你怎麼做得出這些東西。」

「想不到你也會問這種傻問題。」她告誡，「你的通訊錄裡也有菜市場和雜貨店的電話號碼啊。」

她說得對，但是她放在我面前的大多豐盛美食不是街角那家貴死人的雜貨店買得到的。

「可是我們的店沒賣培根……」

對，她還煎了幾片培根。又香又脆，正合我意。

「只要上網一下子，半小時後就有兩袋雜貨送到府上。」

「你用了我的電腦？」

她不理會我的口氣，彷彿她只是行使基本人權，回答：

「嗯哼。」

「可是你怎麼開機的？我有設密碼。」

「那又不是什麼問題。你多少次當著我的面輸入密碼？我早就記住了：奧黛莉！」

我選擇偶像名字當密碼並不意外。但澎澎從我手指在鍵盤的動作看出密碼的能力——她不可能從螢幕上看到——對她算是個加分，對我卻不利。

「喔，差點忘了。我全記在你的信用卡帳上了……你的包包就在廚房。」

「好。」我說，「沒問題。」

「我想最好跟你說一聲……」

早餐的滋味跟香氣與外表一樣美妙，每口都超好吃。

雖然我吃完了正常分量，在澎澎堅持下又吃了一盤。怪的是，我居然吃不膩。

「我打給法托絲了，今晚她會過來。」她告知。

法托絲大姊是多年來在我們變裝皇后、變性人和人妖的小圈子內到府服務的美容師。「衰老的狼群是新生羔羊的笑柄。」有一天她宣稱，相當突兀地用家喻戶曉的安納托利亞諺語表示她要退休了。意思是，她一到四十歲就發現她的客戶名單，所謂「仰慕紳士圈」，正迅速縮減，她把業務內容從賣淫換成熱蠟除毛、脫毛膏、拔眉毛、手毛漂白、染髮之類。她的私生活風風雨雨，穿插著公然吵鬧場面，她追逐似乎川流不息的吃軟飯小狼狗。據說所有收入都花在他們身上，因此她幾乎一文不名。然而，她的自尊心還完整，當她靈敏地把陰毛從小姐胯下拔除時，舉止仍像伊莉莎白女王般尊貴。除了澎澎，我們都尊稱她「大姊」，按照土耳其家庭傳統一樣尊重她。

「什麼時候了？」我問。

「快三點了。」

「我一定睡過頭了。」

「親愛的，你需要。你的身體需要休息。」

我決定看報紙等法托絲大姊上門，用任何專業人妖都需要、整死人的美容儀式修理我。新聞在第三版。

「上流社會醜聞！」標題誇張地宣稱。

知名財務顧問法魯克．哈諾格魯因涉嫌謀殺被捕，被控殺害廿四歲的小巴司機沃坎．薩里多干。

沃坎．薩里多干的身分證大頭照，和法魯克．哈諾格魯在辦公室擺姿勢的沙龍照，顯然是專業人士拍的，刊登在一起。我向澎澎大喊：「法魯克不就是卡儂的哥哥嗎？」

「嗯哼。」澎澎證實。過了幾秒，又說：「幹嘛問這個？」

「你看過報紙沒有？他被逮捕了……」

「我知道。有什麼新消息？」

整個早上我們揮之不去的只有一個疑問，伊斯坦堡上流社會的人無疑也都在想：這個富家子弟兼「個人財務顧問」（就是「放高利貸的」）怎麼會去謀殺公車司機？

我重讀那篇報導，裡面沒什麼細節。沃坎·薩里多千年輕時的舊照眼神渙散地看著我，即使在廉價快照中也顯得英俊。他旁邊的另一張照片，法魯克·哈諾格魯自負地一手放在辦公桌。他一定遺傳自母親，完全不像他的繼妹卡儂。話說回來，驕傲扮酷的笑容倒是一樣。

「我見過法魯克先生一次。」澎澎說，「在卡儂辦的自宅派對。他似乎是個紳士，一點也不像我心目中殺人犯的樣子。他相當風趣，話很多。但是有點奇怪、令人不悅的氣氛，似乎他用鼻孔瞪每個人。」

「怎麼說？」我問。

「你知道的……好像他想要，又不想要；好像急著想要什麼，時候到了卻不肯彎腰，又鄙視其他彎腰的人。懂我的意思嗎？」

我一點也不懂她的意思。如果連口才流利的澎澎都找不到恰當字眼表達，那一定真的很難解釋。

「你知道的，有的人想要某種東西，甚至渴望，但是太驕傲不願意承認，即使對自己。然後他們鄙視、貶抑或傷害那種東西。彷彿嘲弄他們欲望的目標可以阻止他們想要的念頭。親愛的，懂我意思嗎？」

「就像狐狸和酸葡萄的寓言？」

「不，不太一樣……唉，夠了吧！不說了。」

不出所料，哈魯克·佩克登代表他的妻舅辯護。報導中有提到他的名字，但是沒照片，也沒有進一步細節。

「別管了，親愛的。你似乎魂不守舍。」

澎澎說得對。

「說說看你在想什麼。」她眨眼說。

再多錢也無法說服我承認，我迷失在對哈魯克．佩克登的妄想。

4

套用澎澎的話，我「重新開張」且「煥然一新」。她讓我別無選擇只能讓全世界闖進來，盡量文明地回應，拖延沒什麼用。

「講話時一定要微笑，聽起來會比較友善。」她指點我。然後澎澎開始撥她記得的每個電話號碼。

一開始她先自己說了好久，才把電話塞到我手裡，輪到我開始講一串設定好的問候語：「哈囉……你好嗎……我很好……」這樣安排讓澎澎能用一堆令人汗毛直豎的詞彙描述我殘破的健康與枯槁的外表，把我的憂鬱程度誇張化，繼續用折磨人的口氣強調她如何救贖我的英勇細節，從她選用的眼影到幫我準備的每一餐內容。

侍者領班兼八卦王子哈山一聽到我的聲音，堅持要過來看我。我毫不懷疑他跟澎澎勾結想混進來打探。哈山傲慢又自以為是，但也是我店裡唯一的侍者，在我調養期間維持店務運作，這點我很感激。我們喬好了他來訪的日期時間。

在我堅持下，我們也打給我老闆阿里。我是他電腦安全公司的特約員工，只接抽佣金的案子，搭檔方式對雙方都很有利。他知道我是什麼人，晚上做什麼工作，但是不干涉；對我而言，我忽視他的雅痞作風和金錢至上的汲汲營營。我已經好幾天沒進公司、沒接電話、沒回留言，也沒回他 e-mail。他會懷疑出了什麼事也是正常的，尤其他的生意非常仰賴我。我必須硬著頭皮打給他，我不想失去當電腦工程師，代客設計防駭安全程式的正職。

接通後，他一聽見我聲音就開罵，用數字告知我的缺席造成多大的損失——意思是他的損失。我奉命立刻去辦公室報到，討論幾個新案子。

阿里和我除了工作很少見面。雖然我們的商業關係維持了很多年，幫彼此發了財，他連我家都沒來過。反正，澎澎也沒安排他來，所以我答應會盡快去公司。

「你閉關期間我們天天都失去生意。」他抱怨說，「競爭很激烈。他們會以爲我們已經退出。凱末爾·巴魯蘇正在搶走我們的客戶。希望你了解要是再這樣下去，我們只能賣PC和普通軟體糊口了！」

我不準備聽完他的長篇大論。爲了脫身，我溫馴地咕噥，「好啦。」

敏感的澎澎代表我介入，從我手裡搶走話筒插嘴，「他還很虛弱，請你長話短說。」

「那是誰？」

「親戚。」我說，「我的乾姨媽。」

澎澎扮個鬼臉，她寧可被描述成比較年輕的妹妹。

法托絲大姊還沒幫我除完腿毛，訪客已絡繹上門。澎澎精心安排間隔的下午與晚間會面像時鐘般精準進行，但不幸地我們的訪客越來越多，又似乎無意像到達一樣準時離開。我的客廳乍看好像成了打扮傷風敗俗的主婦在辦下午茶，也頗像餐具公司派對或雅芳小姐的家庭展售會。我是現場唯一受困於七嘴八舌的人。偶爾，會有小姐同情地看我一眼，毫無疑問夾雜著羨慕。

我懶得嘗試跟上他們的對話，靜坐在男中音和假音的嘈雜話語之中。我也沒興趣聽哪個小姐交了哪個男朋友，或驕傲描述荷爾蒙注射跟矽膠植入締造什麼奇蹟。

我是說，直到我的注意力被卡車貝札吸引。

「今天早上我嚇了一大跳！我有個老相好……被殺了！誰殺他的？是個上流社會的高利貸！你無法想像他有多棒，一旦硬起來，就不會軟掉。而且大得不可思議，好像綁了個可樂瓶。每個人至少都應該體驗一次。阿門。」

「他死後無疑又會增加幾吋。」澎澎插嘴，「親愛的，隨便你怎麼說都行。反正他死無對證。」

「我要是說謊，願阿拉當場劈死我。」卡車貝札宣稱，伸出大手砍進自己的巨乳間。

黑眉露露嘴裡還含著蛋糕，匆忙插嘴。

「別這麼說！你已經被天打雷劈夠多次了。」

「平凡！你們都太平凡了。」卡車貝札罵道，轉向我說，「抱歉，你當然例外。但是我不懂爲什麼你還在跟這些人攪和。」

我忍不住自己的好奇。

「所以你認識沃坎？今天報上那個傢伙？」

「不然你以爲我在說什麼？你都沒在聽！你從來不聽我說！」

澎澎警告地抬起一邊眉毛回應這個突來的人身攻擊。她絕不允許任何失禮，這就是澎澎。親愛的澎澎在保護我。她誇張地閉上眼睛，嘟唇用左手食指指著她的頭。然後默默用唇語說：「吃藥」。

她直視著我做出這些手勢，我絕對不會看漏。

「什麼藥？你給我吃了什麼？什麼時候？」我問。

「早餐……」她說，用幾乎聽不見、有點不祥的口氣慢慢說。

「什麼藥？」

「贊安諾（安眠藥）。」

她驕傲地微笑，像做了好事期待獎賞的小孩。

「那不是毒品嗎？」梅莉莎吞下一口咖啡問。

澎澎轉向梅莉莎，慢慢眨個眼，肯定式回答她的問題。

「我問過醫師。」她用權威口吻補充，「沒有處方籤不能買的。」

「我相信你做了對的事。」我說。

原來我的疲倦是安眠藥造成的，不是早餐吃太多。

「但是親愛的，聽說贊安諾會引起焦慮和自殺傾向。」法托絲大姊老是喜歡提起副作用。她連阿斯匹靈都不肯吃，只靠順勢療法、草藥茶和焚香。

「不妙。」卡車貝札驚叫，彷彿我早晚註定要自殺似的。

「早說過，我問過醫師。」澎澎說，「一兩顆無妨，他說。」

爲了搶占話題，決心把大家導回我眞正有興趣的事——沃坎・薩里多干、法魯克・哈諾格魯和哈魯克・佩克登——我向貝札說。

「貝札親愛的，告訴我你知道沃坎的所有事。從頭開始……」

我很低落，需要關注、照顧和鼓舞，所以小姐們好心地閉嘴聽卡車喋喋不休歌頌沃坎的好處，我偶爾插嘴發問。我原本打算收集點哈魯克・佩克登的資料，但連扯到法魯克・哈諾格魯都無法。貝札只願意談那個大屌的種馬。

貝札認識沃坎時他剛從軍中退伍，開始當公車司機。肉欲旺盛的貝札通常找不到顧客時，就會在小巴上打混找男人。照例，她搭上心儀司機的車子，坐在對方旁邊的前座，挑逗地反覆交叉又張開雙腿直到終點站。雖然不能指望收錢，這招倒是十之八九有效。那晚也是這樣。當最後一位乘客在終點站下車，沃坎沒有跑到後座，而是把車開到哈西歐斯曼村一處偏僻樹林。沃坎的持久力連貝札也驚訝，她的性欲可是深不見底。其實，他把她累壞了。沃坎開始到貝札家裡找她，雙方都滿意這樣開心的安排，持續了一段時間。

沃坎「像影星一樣英俊」，剛在陸軍鍛鍊的完美身材，充滿性飢渴年輕人的耐力，又擁有令人驕傲的巨根，若是進入成人影片業界一定會成爲超級巨星。至少貝札這麼宣稱，細節描述得連我都懷疑她或許說的是實話。

「好粗……又好長……有巨大的頭和最誘人的粉紅色……我是說，你一旦摸到肯定愛不釋手。包皮邊緣像精美的蕾絲，主幹上彎曲的血管像刺繡。好罕見，好漂亮！奇蹟中的奇蹟，肯定是天上眞主的恩寵。當他高潮時，呃，簡直是洪水潰堤……我生平從來沒見過或嘗過那樣的東西。」

聽眾完全陷入沉默，坐在椅子邊緣，如癡如醉，嘆息，心跳加速，掌心冒汗。

每個好故事都需要一個壞人，這次是沃坎的姻親，他姊姊的老公。姊夫對沃坎有種奇特的影響力，沃坎對他言聽計從，做什麼事都先跟他商量。但是這兩人也是出名的經常吵架。沃坎會在姊夫背後說些難聽話，但在他面前只是個服從的小孩。

據貝札說，同樣在當公車司機的壞姊夫強迫沃坎從業餘牛郎轉爲專職。

黑眉露露不肯相信。「他一定自己也有意願。」她反駁，「否則他不會這麼做，你眞的以爲人人都能當牛郎嗎？你太好騙了！醒醒吧！」

「我不在乎你相不相信我。那孩子是個天使，都是姊夫把他寵壞了。讓他跟我疏遠。當然跟錢也有點關係。沃坎欠了一屁股債。因爲他要買小巴。我有幫他一下，但能力有限。」

「我早跟你說過了！看吧，他拿你的錢！」露露得意大叫，「與其責怪他，怎麼不自己反省一下？是你讓那小子習慣了拿錢。」

「她說得對。」卡車低吼。

「呃，露露。」梅莉莎打斷，「你再這樣會惹人厭的。而且卡車太忙了。相信我，妹子。」

我插嘴，「別理他們。後來怎樣？」

我不只是她們的老闆，她們每晚還在我店裡出沒。我的意願就是命令。小姐們閉嘴讓卡車繼續說。

無論是不是姊夫的主意，過了不久沃坎就成爲伊斯坦堡最當紅的牛郎。過一陣子就不來造訪貝札。他仍偶爾開著小巴，但通常把車子交給他弟弟或當天僱用的司機打理。沃坎的時間已經太寶貴，不能做普通的工作。

「眞可惜。」她總結說，「像獅子一樣的男人，地球上不太可能再出現那樣的大屌了。眞浪費。願阿拉懲罰殺他的人！希望他們的手斷掉，眼睛瞎掉，心臟停掉……我遺漏了什麼嗎？」

「應該夠了，親愛的。」梅莉莎安撫她。

原來，據稱被哈魯克．佩克登的大舅子，法魯克．哈諾格魯殺害的那個兼差公車司機，曾經是知名的牛郎……

5

哈山抵達前小姐們都走了。聊天、安眠藥加上除毛手術讓我累壞，但我還是得應付他。

哈山側肩上背著裝滿帳簿的紫紅袋子，打算上門報告在我缺席期間店裡發生的大小事，包括打破多少杯子、補充多少衛生紙這些瑣事。

他拉著下垂的牛仔褲腰，坐到最靠近我的椅子，開始哀嘆他承受多大的壓力與失眠的夜晚，同時吃著澎澎剩下的蛋糕跟一盤辣味胡桃餅乾。哈山的缺乏自覺也是眞主的另一個奇蹟。

我一看到這麼多帳簿攤在面前只覺得非常疲倦。澎澎接手，親切女主人模式立刻被認眞清點鉛筆和獎章庫存的女校長取代。偶爾有幾張紙拿給我過目認可，我順勢點頭，懶得看，因爲贊安諾影響，無疑也像白癡一樣傻笑。

哈山用折磨人的細節認眞交卸了他自我指定的重責大任，結束了說明，一面也塡飽肚子。接著他說起慣例的風流韻事跟精選的八卦傳聞。

剛走的小姐們留下的八卦消息被哈山補充細節、糾正與重新詮釋：阿菲和伊佩克離職的眞正理由，她們爭風吃醋的那個猛男的眞實身分；瑟瑪花大錢隆唇所注射的矽膠品質不良；我們的酒保蘇克魯對俊俏帥弟卡恩的迷戀，卡恩偏偏喜歡我們的保鑣肯尼，因此蘇克魯對肯尼不太友善，肯尼卻對蘇克魯或卡恩的心情一無所知；然後還有可憐的梅塔仍然戴著她可笑的紅假髮，認爲能帶給她好運。

我老闆阿里，被哈山戲稱「點鈔機」，去店裡找過我兩次，哈山告訴他我有憂鬱症無法工作，他留話希望我早日康復。（他聽到我的「病況」卻連花也沒送，但我早就學會不要指望這種禮節。）

然後是我的宿敵索菲亞的消息。爲了炫耀她冬天去摩洛哥度長假曬出來的膚色，美麗的索菲亞辦了場晚宴，從賓客名單被刷掉的人立刻淪爲不受歡迎的階級。哈山自然弄到邀請函，說整個活動就像純粹設計來厚顏吹噓與炫耀的典型索菲亞活動，但是並沒有阻止賓客把它當成傳奇盛會般談論。幸運的小姐們宣稱「除了鳥奶（比喻稀世珍寶）什麼都不缺」，形容索菲亞家裡每件精美的家具，誇張到後來的八卦傳聞竟然暗示其中一兩件聽起來有點不堪。

哈山壓軸的震撼新聞是關於多才多藝的詩人瑞菲克·阿爾坦，他也在廣告業工作、當導演與電視脫口秀的固定來賓。他隱匿但不斷吹噓令人生厭的秘密情人顯然已經跑掉。瑞菲克昨晚出現在店裡，猛喝悶酒、掉淚，還向每個膽敢接近他的人挑釁。我們的員工設法安撫，但是接近天亮時大家都走了，燈也關了，有人發現他醉倒在偏遠的桌底，躺在地上打呼。在保鑣肯尼協助下，哈山好歹把他塞進計程車送他回家。

澎澎一個細節也沒錯過，她跳起來質問哈山。

「你怎麼知道那個彆扭的死娘砲住哪裡？」

雖然打扮浮誇、講話精確得可疑又老是讓註冊商標的牛仔褲腰滑落臀部露出股溝，哈山堅持他不是同志。澎澎和我們其他人對哈山總是提高警覺，希望他遲早失策露出眞面目。所以她才質問。

「如果他醉倒了，他不可能醒來告訴你地址……」她追問。

她意有所指的表情在說「逮到你了」。

哈山愣了一下，瞪大眼睛，抬高肩膀。

「不是你想的那樣。」他結巴著說。

「我想的是怎樣？」

「我從來沒跟瑞菲克·阿爾坦在一起。」

「眞的？」澎澎懷疑地問。

「對，眞的！即使我喜歡那個調調，我也一定會找個比他好的……」

「親愛的，別這麼鐵齒……」

澎澎和哈山鬥嘴個沒完。即使使盡全力互不相讓，他們是互相喜歡的。他們的毒舌爭吵看似熱鬧，但是同樣危險。如果澎澎不是我的好朋友，哈山早就把她從頭到腳嘲弄一番。唯有害怕被我痛罵，才讓他收斂一點。

「我以前是他的詩迷。」哈山繼續說，「他的書出版當天我就會買，而且馬上看，甚至記住我最喜歡的幾首。當然，我跟他並不認識。我欣賞的是他的詩。總之，我還年輕，只是個小孩。」

「你這麼伶牙利齒根本不像當過小孩。」澎澎插嘴。

「願意的話就聽我說完，不要拉倒。反正，我不用聽你的命令。」

哈山轉向我繼續講他的故事。

「簽書會後我們跟蹤他回家，看他住在哪裡。有一天，我帶齊了他所有書去拜訪。」

「你以爲你是誰？」澎澎問。

「我自己……」哈山冷靜地回答。

「你爲什麼用複數？你說『我們跟蹤他』，我猜你是跟婢女一起去的。」

澎澎耐心地試探哈山的每個弱點，一個接一個。

「這一定是『君王的複數』（歐洲君王講話習慣以複數的我們代替單數的我）。」她挖苦乾笑。

澎澎的笑聲很有觀賞價值。首先，她可觀的體型會全身顫抖。如果還沒笑完，她會反覆用雙手拍膝；即使她的笑聲終於沉寂，她會繼續用同樣刺耳的聲調喊叫。現在她就是這樣。

這是我第一次聽說瑞菲克·阿爾坦和哈山有交情。我很驚訝。但那發生在很多年前，所以我沒看得太嚴重。我早就忘了哈山跟全市每個名人都有某種關係。況且，我認識的每個人都跟瑞菲克有過舊怨、爭吵或異議。

講完瑞菲克·阿爾坦的話題後，我們聊到伊斯坦堡的概況。哈山問我何時會去店裡。

「盡快。」澎澎代我回答。

「今晚不行。」我補充。

「那，你今晚有什麼打算？」哈山問，「不如看電影吧？有部很棒的凱特·布蘭琪新片上映。太好看了，你一定會喜歡。她演一個妓女，是我看過最迷人的角色。」

「他一提到『妓女』這個字就開始流口水，但他還是極力反駁：『我才不會，也不可能！』」

「眞的，是一部好片。凱特完全不一樣！去看看吧，包你不後悔。光看她就能讓你神魂顛倒。」

澎澎用懷疑的眼神看著我。

「我的狀況不適合出門。」我說，「我想睡覺。」

「這麼早？」哈山問，「還不到六點呢。」

沒錯，但是天色漸漸暗了。

「來嘛，我們出門。你會感覺好一點。」澎澎慫恿，「即使不去看電影，我們也可以散散步再回來。然後你可以跟我走。」

「去你的涼亭嗎？」哈山問，逮到破綻報復。

澎澎無法忍受她工作的夜店被稱爲「涼亭」，這在土耳其語暗示有可疑女士啜飲超昂貴摻水香檳的坑人黑店。對她而言，在涼亭表演是最低賤的工作，連妓院工作者都比它高一級。「至少她們每天讓幾十個男士開心。」她說。

澎澎並不打算放過哈山的詆毀。瞇起眼睛，嘟起嘴唇，她吸氣發出尖銳的嘶聲。如果她的吐氣聲像吸氣一樣誇張，表示她要破口大罵了。

我得想想辦法。

「好啦。」我脫口而出，「我去看電影，在哪裡上映？」

我一手按住澎澎的膝蓋。她的肺緩緩消氣，但她的電流還在劈啪作響。

哈山拿起報紙開始念出戲院名稱和開演時間，念完後，他開始漫不經心翻閱內頁。

「是他！」

「誰？」

「瑞菲克的情人！失蹤的那個！」

「哪個？」我問。

「這個啦。」哈山說，指著沃坎．薩里多干的照片。

「可是你說瑞菲克從不帶他出來見人，你怎麼知道那就是他？」澎澎追問。

「他給我看過照片。他在家裡拍的。」

「你確定是同一個人嗎？」我問。

「當然確定。」他說，「沃坎，連他的名字都寫出來了。」

他迅速看完報導，抬起頭看著我們。

「原來他們殺了這傢伙。」他說，「瑞菲克一定難以承受。」

他思索片刻，表情從驚訝變成哀傷，然後有點警戒。

「可是想想他會寫出什麼詩。」哈山邪惡地笑道。

6

凱特布蘭琪果然很棒。但是迷戀上另一個苗條女人就會背叛我的畢生偶像奧黛莉赫本。奧黛莉永遠在榜首，凱特排第二。我根本懶得給缺乏魅力的時裝模特兒排名。

走出戲院後，澎澎說我們得趕回家去拿她的東西，再到店裡。她顯然決定要我陪她，但我心裡忙著想沃坎·薩里多干。凱特布蘭琪的精緻美貌在觀影期間把他趕出我的腦中，但現在我的心思又回到了沃坎。我想單獨坐下，想一想，或許還可以做點研究。不知不覺間我發現自己又碰上另一件謀殺懸案，回到業餘偵探的角色。一切都是因爲那個帥哥！

我假裝疲倦，設法把澎澎送出家門。我爲自己準備了一大杯茴香茶，開始思索。爲了專心，我打開電視，尋找愚蠢的猜謎節目。沒找到。我立刻判定音樂頻道不適合。那比較適合用來鎮定或催眠。

我的茶快喝完了，但腦中還是一樣混亂。最佳良藥應該是韓德爾。我掃瞄架上，難以決定該放《阿塔里亞》聖樂還是《阿爾辛娜》歌劇。《阿爾辛娜》比較好。在生涯巔峰意外去世的女高音雅琳·奧格銷魂清澈的顫音從我的喇叭傳出。宛如一帖補藥。

勞動階級小夥子沃坎從開小巴轉到牛郎生涯。他睡過卡車貝札，天曉得還有其他多少人，最後是瑞菲克·阿爾坦，然後被放高利貸的法魯克·哈諾格魯爲了不明原因殺害，其實我看出了理由。

一想起法魯克・哈諾格魯就讓我聯想到哈魯克・佩克登：那堅毅的下巴，年輕版法蘭科・尼洛般的濃密黑髮，微笑時眼角的皺紋，均勻美觀的白牙……毫不遜於A片傳奇的夢幻情人。全身上下跟約翰・普瑞特一樣可口，我可是收藏了他所有照片。除了照片與電影，我已經很久沒碰到這麼完美的男人，意思是，活生生的眞人。他喚醒了最深層的欲望。

時候還早。我決定打給他。他給過我名片，我可以謝謝他昨晚作陪。一想到他的聲音就讓我渾身發燙。我想像他拿著話筒，跟我說話。當然是裸體。他大膽地表示他想要我……我不禁顫抖。

他親自接了電話。連自信的「喂」都充滿男性的魅力，令我失望的是他沒認出我的聲音。混蛋！我重新自我介紹。他想起來了。我謝謝他昨晚的事，向他保證我多麼高興認識他。我很小心不提到他老婆卡儂。不說我也認識她。在我口中那相聚的一夜彷彿只有我們獨處。

「今天我看到報紙了。」我說，「我很遺憾，我不知道你是法魯克先生的妹夫。」

他聽著，絲毫無意延伸對話，讓我士氣大衰。

「我在想。」我說，「有沒有什麼最新的發展。」

「我們會處理。」簡短的回答。

我不曉得他打算處理什麼，怎麼處理，但只簡單地說，「好」。我聽見他呼吸了一下，他輕咳一下清清喉嚨。

「哈囉。」我說。

「我在。」沉默。

「我以爲電話斷了。」

他表現得很清楚，他跟我談話並沒有像我這麼愉快。我忍住失落感，我可不打算這麼輕易放棄。

「死者沃坎．薩里多干似乎是個牛郎。」我告訴他，希望激發回應。「我們有些小姐認識他，連我們的同志朋友也是。」

如果他不上鉤，我眞的沒什麼招可用了。

「我們知道。」他說。

「我的意思是，如果有什麼我能幫忙的……我認識那些圈子裡的人。」

「非常感謝。目前沒有不利於法魯克的證據，但他們還是拘留他。新聞太轟動了。有的人喜歡他，有的人不喜歡。這件事不只是八卦而已，他再過兩天就會出來。」

這還差不多。有點簡短，但他說話了。我還得讓他多說一點。

「他們不能因爲死者打的最後三通電話是打給法魯克就定他的罪，對吧？」

「顯然他們想這樣。」他平淡地說。

「我有個熟人宣稱是沃坎的情人。」我猶豫該不該用「熟人」這個字。我應該說「朋友」嗎？不，瑞菲克．阿爾坦不能算是我的朋友。我只是在店裡認識他。「若是需要什麼資訊……」

他打斷我。

「找出凶手是警方的工作，無論是不是你的熟人。而我的工作是證明法魯克的清白。」

他誤解我的好意協助是指控另一個嫌犯。怪了，我從來沒想到，但瑞菲克．阿爾坦挺有可能是凶手。

「我了解。」我說。

他一定察覺我受傷的語氣了。

「不過，謝謝你的好意。」他說，「你打來眞是細心。」

他的話中沒有情感的跡象，像專業人士口吻。聽著我的聲音沒有感激，沒有愉悅。

我祝他晚安，準備掛斷，又補充，在最後一秒說「代我問候尊夫人」。

哈魯克・佩克登是個難關。如果我沒打錯牌，他會是我的。但我必須很努力，而且我不能怪他。畢竟他認識的人不是我。他認識的是個服裝醜陋、臉化濃妝的變裝阿婆，在我最笨拙缺乏安全感的狀態。他不跟那個人有什麼瓜葛是對的。如果設身處地去想，我接受我也會做同樣的事。但我也必須承認當晚坐在桌邊緊張地微笑、顯得憔悴瘦弱的那個人正是我。

盛裝打扮後，我一有機會就要去找他！他會認識眞正的我。

7

澎澎回來前我睡著了，在她之前醒來。我端著晨間咖啡，坐到電腦前。在我憂鬱期間累積了幾百封e-mail，我忙著分類直到澎澎醒來，我們一起吃早餐。

所有垃圾信看都不看丟到資源回收筒。阿里把工作相關的每封e-mail都轉給我。有的信問候了我一兩句，也有的附了笑話。但大多數只是轉寄。至少要花幾天才能全部看完，我全收進稍後再看的資料夾。

煩人的聖戰2000，也就是凱末爾．巴魯蘇，寄來的信件頻率與強度逐步升高。越強烈的，越可能含有伊斯蘭激進主義的內容。最後一封全是禱告詞、經文和譴責。我簡短地回信解釋我的沉默。我絕對不想跟凱末爾為敵。他是極少數令我顧忌的電腦宅男之一。起初我憐憫他像霍金似的畸形又坐輪椅，但是我們一談到性的話題——這很快就發生了——他簡直厚顏無恥到了極點。

我的幾百位駭客同伴們從全球的四面八方，隱藏著真實身分和面孔，傳來了一大堆新程式碼，駭入提議和進入各財務系統的新進展。我回覆了較短的訊息，收納那些我想會感興趣的，隨即順手刪除來信。

賽錫克和艾拉．塔揚寄來賀年郵件。我們三個從小在同一個社區長大，我們會玩醫師遊戲。直到我們到了青春期，賽錫克會吻我吻到嘴唇腫起來；我也會這麼吻艾拉。但他後來只瞄準艾拉，還娶了她。這些年來我們的友誼維持不變，但是再也沒人提起小時候的事。其實，這樣也好。賽錫克現在禿頭啤酒肚。他們生了兩個滿臉痘痘的兒子，信中告訴我全靠大兒子幫忙和他的新電腦，他們才有辦法寄e-mail。他們附了張全家福照片。賽錫克在警察局仍然位高權重。我常向他求助，老是欠他人情。

我收到賽錫克連絡格外高興。我會再欠他一次，這次是爲了沃坎．薩里多干，他的死因令我執迷純粹是爲了我的夢幻情人哈魯克．佩克登。我回了信，附上兩張照片：一張是我的男裝，另一張則是化妝成誇張的吸血鬼。兩張照片底下寫著「變身前」和「變身後」。正要按下回覆鍵時，我想起這封信是兒子寄來的。不需要困擾這孩子，或敗壞這個小家庭的道德。我不曉得他是否已經面對過人生百態。我刪掉圖片，只回了信。

澎澎差不多該起床幫忙弄早餐。那把維他命刺激了我的胃口。我吃多少脆餅、餅乾和鬆餅都不重要，我不覺得飽。我放了片CD，打算每五分鐘加大音量。黛莉達的〈漫步在沙漠〉（*Salma ya Salama*）韻律響遍整個家裡。雨已經停了，陽光燦爛。

我還沒調高音量，澎澎就出現，睡眼惺忪，但愉快地說了聲「早安」，發音很清晰。

黛莉達唱完第二段副歌時，緊緊包在睡袍裡的澎澎挺直背脊，一張素臉，踩著藝妓的小碎步走向浴室，地板被她纖細的腳步踩得呻吟起來。

趁她洗澡時，我開始打電話。首先我打給賽錫克。他們花了點時間才幫我接通，但澎澎的晨間儀式還要多花一陣子。

「逃犯出現了！」賽錫克大聲說，「你躲哪裡去了？除非你在查什麼線索，從來不會想到打來。誰曉得你在幹什麼，或在哪裡。」

「我沒有幹什麼呀。我就在家裡。我剛經歷過一段低潮期。」

「原來如此！說說看我能幫你做什麼。不管需要什麼，別客氣。」

他誠懇的口氣，每次我打去都樂意幫忙，讓我深受感動。但還不到熱淚盈眶的程度。

「我的私生活發生了一些難關。現在都過去了，我正在努力振作。」我開口，「只是想整理一下自己的想法和感覺，獨處一陣子。」

「不過現在沒事了？」他猶豫地說，不知該說什麼。「衰運難免，我們都會碰到。」

「說得好。」我附和，「總之，最壞的已經過去了。」

「好……好。」他說，「我很高興。」

「我收到你的賀年信了。」我改變話題，「謝謝。」

「別客氣。現在孩子們都用網路，老婆跟我也順便學學。」

「他們一定長大得很快，應該幾乎是成人的體型了。」

「你該來看看他們的。賽廷十三歲，梅廷剛滿十歲。眞的，找個晚上過來吃晚餐。你就有機會看看孩子們，我們可以敘敘舊。」

「你們不怕讓我過去嗎？」我問，「你們不擔心我可能成爲孩子的壞榜樣？誰曉得，我可能還會勾引他們呢。」

「你休想。」他笑道。

我也跟著笑了。

「我有事想問你。」我說。

「我就知道。」他回答，「你又來了……」

我告訴賽錫克有關沃坎．薩里多千命案的細節，也說明法魯克．哈諾格魯的背景。

「我知道這不是你的工作，但是希望你能盡量提供資料。」我說，「我對這個案子很感興趣。」

「我唯一知道的是沒有人喜歡這傢伙，他是眞正的大壞蛋。」賽錫克說，「我們也知道他在放高利貸，可以說是麻煩人物。我相信我們一定有很多他的檔案資料。他朋友不多。」

「聽說沒有證據能證明他跟命案有關。」

「胡說。要是沒證據，他們也會生出來。」

我打個冷顫。他說得對，警方一定會「發現」一些定罪的證據。

「如果可以的話，幫我留意一下。」

「如果能幫你脫離憂鬱，我很樂意。」賽錫克答應。

「還有。」我繼續說，「關於那個死者……」

「知道。他的家人、朋友，我打聽到什麼再通知你。」

「謝謝，你眞是好朋友。」

「常被忽略的好朋友。」

我們道別之後掛斷。

澎澎占領全家之前，我還有時間打一通電話。我打給貝札。雖然睏倦，她還是答覆我所有疑問。

「我在找關於沃坎的詳細資料。」我說。

「其實，他是個人渣。」

「你昨天可不是這麼說的。」

「呃，他在床上很厲害。這點我承認。但是做人方面，他比沒用還糟糕。他幹的壞事啊！不只對我……對每個人……懂我意思嗎……但是我……該怎麼說呢：他的心肝是黑的。老是想做壞事，損人利己的事情……其實，不完全是他自己想出來的，是他姊夫，他才是眞正的人渣。」

「說說看你還知道什麼，告訴我。」我催她。

「我還能說什麼。」貝札怒道，「他也是小巴司機，但是眞的很惡劣。你知道那種人，什麼糞坑陰溝他都敢跳。如果你問我，他本人就是個化糞池！所以他看上了沃坎：年輕，英俊，滿嘴謊話。他操縱、慫恿他去做自己想要的事，這也沒什麼難的。沃坎很聽姊夫的話，把他當成父親什麼鬼的。他似乎是姊夫養大的，人生一切都是從他學來的……你知道的，老套。沃坎服從他的每個鬼點子，但那傢伙是個人渣……我講過了，是吧？像魔鬼一樣邪惡又貪婪，他對沃坎下工夫，軟化他，把他洗腦……『哪個人可以刮錢，就去跟那個人上床』……是他教壞了那孩子。我敢說他跟命案脫不了關係！這種姊夫眞該死。」

「怎樣才能找到他？」

「幹嘛！你沒聽我說嗎？那有什麼用？」

「或許我可以問出什麼。」我說，「整件事有些古怪，但我還沒有開始調查。」

「再清楚不過了。他想要太多錢，威脅了什麼人。就像他的個性。有人不肯屈服，於是就……」

「我還是想找他談談。」

「隨便你，親愛的，但是別怪我沒警告你。他不是話多的人。我想他應該在跑博斯普魯斯海峽的小巴路線。」

「他叫什麼名字？」

「我不記得了。他是留鬍子的高個子……不刮臉、穿著瘸腳的壞蛋，好像叫澤奇或澤凱之類的。」

「如果他還沒梳洗打扮，應該不難找到。」我半開玩笑說。

「少開玩笑。」貝札怒道，「你要是找到他，通知我一聲。我也有話想跟他說。他害死了可憐的沃坎……小心點。他眞的很惡劣。」

這時澎澎大聲唱著歌走出浴室。

8

找出沃坎的姊夫濟亞．哥塔斯相當容易。我打給小巴司機協會，他們比我預料的樂意幫忙。他們不知道我打去的用意，但顯然從問題假設我是記者。秘書盡力保持禮貌，稱呼我「先生」，逐一回答我的問題，而且聲音好好聽。

協會譴責對他們會員的攻擊事件。這不是第一次。其實，作爲抗議方式並且啟發社會大眾，他們打算在喪禮傾巢而出。希望計程車司機也能參加幫忙壯大聲勢。

整個社群都在哀悼。他們責怪國家沒有提供安全保障。如果他們不安全，有沒有事故保險和健保又有何差別？但他們跟其他人一樣有繳稅。我被詳細告知死者家屬的深沉哀痛，歐坎．薩里多干弟弟和濟亞．哥塔斯姊夫如何不只獲得薩里耶區的小巴司機們支持與團結，全伊斯坦堡的司機都挺他們。因此我確認那個姊夫在哪條路線工作，知道還有個弟弟：歐坎。找他談或許會有幫助，最有用的消息通常出自最不可能的來源口中。

我只需要考慮一個問題：我該怎麼僞裝去拜訪：扮成美女記者，或是有點娘娘腔的特派員？穿短裙一定能多問到一些資訊，但我會變成餓狼群中的無助小綿羊。我決定以男裝出現。

我沒告訴澎澎我想幹什麼，她很可能轉換成守護天使的角色拒絕離開我身邊。我穿好衣服就離開，隨身只帶了台大古董相機和迷你錄音機。

塔克辛廣場那個舊小巴站牌不見了，我不知道遷去哪裡。我後悔沒有想到先詢問協會。在比錫達斯區的喧嚷中很難找。我攔了計程車。我叫司機載我去薩里耶區，他臉色一亮。他甚至期待著車資而不再駝背，我把握機會請他關掉吵鬧的音樂。我就是無法忍受歌曲把人生充滿痛苦與哀愁的主旨灌進我的潛意識，尤其在我剛擺脫憂鬱症時。

我打算在跨越博斯普魯斯海峽的途中嚴肅地想些事情。但是經過馬斯拉克與樹林地時，我忍不住回想起現今伊斯坦堡的綠地多麼稀少，像我這樣住在市中心、很少離家超過一公里的人多麼難得有機會看到僅剩的這些樹。

終點站停滿了小巴。照例全部停成一長條，尖峰時段除外。大家都聽說了沃坎的事，他們對他的死因都有不同推論。大多數人認爲他被搶劫，有幾個人大膽猜測是嫉妒的丈夫或男朋友。沒人提起沃坎當過牛郎這件事。其實，他們根本裝作不知情。聽完幾個司機說法，我斷定他們電視電影看太多了。有個事實很明顯：像法魯克·哈諾格魯這種成功人士，死也不會搭乘小巴。

他們大方地給我一杯茶，同時忙著去找歐坎和濟亞。兩人都不見蹤影，但是眾人安慰我如果等一下，他們會來。

「濟亞眞是糟透了。」一名年長者透露，「他把那小子當兒子寵愛。」

沃坎的優點被舉出一大串。例如心地善良，多才多藝，隨時樂意助人；他從窮苦菜鳥司機變成獨立車主的故事被說了又說，不是單獨講就是七嘴八舌地爭論。

我啜一口難喝的茶。要是喝下去我的胃一定會脫一層皮，但是不喝又很失禮。我慢慢地喝了將近半小時。許多司機上路後，其他司機接力講，大家都盡力貢獻自己所知關於聖人沃坎的傳說。但是姊夫濟亞仍然沒有現身，弟弟歐坎也是。

我覺得無聊了。如果小姐們在場，她們會驚訝我坐在一大群男人中間竟然感到厭煩。但我好無聊。一定是等太久了。

最後，我謝過他們站起。有個四十幾歲的男子起身送我，他顯然想要私下說什麼。我自認表現相當謹慎，但是有人識破了我的身分。對，一定是這樣。他友善地伸出手臂攬我的肩，一直陪我走到大馬路上。

他名叫坦瑟。

「別讓人知道是我講的，但是歐坎、沃坎和濟亞——三個人都是麻煩，別相信其他人瞎說。他們以為這樣是表現團結，根本不是那麼回事。」

有趣了。

「你的意思是？」我催促他。

「我要回家，在古圖魯斯區。」他說，「如果你想要，我可以送你一程。」

「多謝。」我接受。

天底下竟有這種好事。

在大口抽菸的空檔，坦瑟一路不斷說話。從他抽的牌子和措辭看來，顯然是個老式的左派分子。

「歐坎是個毒蟲。」他說，「完全廢物一個。」

「酗酒嗎？」我問。

「起初是，現在他抽麻藥。其實，他能弄到什麼就吸什麼。然後他沒錢了，當然。他也無法工作。老是恍神到不行。他出過兩次車禍，不太嚴重。發現不能再這樣下去。不能繼續開車。他開始按日出租他的小巴，整天泡在咖啡館，等著收租金。一拿到錢，他就去買酒、麻藥、大痲。」

「剛才沒人提到這些事。」

「如果你問，他們也不會說。那是我們的作風。一切爲了團結。」

「那你爲什麼要告訴我？」

「這樣才有人知道眞相，知道眞相才能寫。」他說，「但是我說過，你不是聽我講的。」

「我了解。」

我們默默開了一段路。馬斯拉克附近交通變亂了，我們減到龜速爬行。

「又是車禍。」坦瑟咕噥，「他們一看到空的路面就衝過去。有什麼用！大家腳下都有油門。」

「沒錯。」

現在正是轉移話題讓他冷靜的好時機。

「現在我知道歐坎了。」我說，「那麼沃坎和濟亞呢？」

「他們說不能講死者的壞話，但是沃坎一點也不像他們說的那樣。讓人以爲他是什麼天使。差得遠了。精心修剪的鬢角，高大苗條，充滿自信，看到穿裙子的就追。他只會惹痲煩罷了。」

他似乎不願詳細說明，不確定我已經知道多少。我直接講重點。

「聽說他是牛郎。」

「厲害。」他鬆了一口氣說，「原來您全知道，消息傳開了。」

他開始用正式的「您」稱呼我，但有時改用比較親近的「你」。我不是很高興。

「他是個英俊的人，懂得怎麼取悅老太太和同性戀……當然，只要價錢適合。」

他迴避比「同性戀」更貶抑的字眼也是他左派背景的線索。

「他厲害嗎？」

「我哪知道，我又沒跟他睡過……」他大笑說，露出焦黃的牙齒。

「他一開始賺外快就不再規律工作，他把小巴交給弟弟。這可不聰明。歐坎整天都在嗑藥，向當天租車的任何人挑釁，宣稱他們交的租金太少。不管拿到多少，他都花在酒和毒品。任何正常人都不會再爲他工作，但是有些人急需找工作。」

「他們的姊夫濟亞呢？」

「他是另一種麻煩人物，我們這行的害群之馬。詭計多端，是非不分，不懂『罪惡』『正義』和『羞恥』這些字眼的意義。」

「我懂了。」我說，其實一點也不懂他的意思。

「我還可以告訴你很多事，但是講太多不好。我不是多嘴的人，我的教養不同。」

剩下的路程我們都在談伊斯坦堡的問題和生活瑣事。他告訴我該怎麼救國，工作條件如何惡化，他收入越來越少，每天拿這麼少錢回家多麼羞愧。

下車之前，我又問了關於沃坎死因的問題。

「你想被逮捕的那個人是殺沃坎的凶手嗎？」

「誰都有可能。」他意有所指，「任何人。他老跟壞朋友一起，賺黑心錢是有代價的。他三年就能買一輛全新小巴，包括他行駛的路權。種什麼因得什麼果，我想這是他自找的。」

沃坎．薩里多干比我想像的牛郎更有錢，更走紅。

9

我回家後發現賽錫克寄來一個大牛皮紙袋和點鈔機阿里送的一大束花。鮮花讓我很驚訝。雖然私下盼望，沒想到他會眞的這麼做。我必須謝謝他們兩個。

澎澎正在電視機前陶醉地收看她最愛的ＢＢＣ料理節目，幾乎沒發現我回來了。螢幕上，有個活潑的黑人在切碎、加熱馬鈴薯，同時滔滔不絕地講話。我坐到澎澎對面，打開賽錫克的紙袋；裡面有發現屍體的警員提出的報告副本，管區分局的官方紀錄，驗屍報告和初步調查的細節，當然，全都是機密。賽錫克眞貼心。當然，他也清楚我是衣食父母納稅人，意思是，警方的交通、水電等等預算都是我付的。不過話說回來，機密就是機密。

沃坎・薩里多干的屍體在奇尤斯交叉路口附近的森林被發現。發現的人不可能是例行巡邏的警員，很可能是小孩或樵夫碰巧撞見報警的。

他是被刺死的。傷口都在身體正面，總共七處，深淺不一，在胸部和腹部，但都是同一把刀。所以他跟凶手一定是面對面。法醫估計屍體被發現時，已經死亡四十八小時。凶手慣用右手。

死者身上找到身分證、皮夾和手機。看來凶手沒有偷走任何個人物品。呃，如果是法魯克・哈諾格魯幹的，何必呢？他又不缺錢或手機。

因爲剛下過雨，屍體周圍區域很泥濘，有幾個人曾走近屍體，包括警察，凶手腳印已經無法辨認。犯罪現場附近有模糊的輪胎痕跡，但無法進一步追查。

不知何故，雖然已經開機並且輸入密碼，沒有人關掉手機；最後三通電話是打給法魯克．哈諾格魯。兩次是手機對手機，一次是打到市話。

所以法魯克．哈諾格魯被羈押的證據似乎真的很薄弱。腦袋正常的檢察官沒人會想用現有的證據指控他，更別說羈押了。正如哈魯克，我的哈魯克，所說：他過兩天就會被釋放。

紙袋裡缺了沃坎手機的通聯記錄。一定有副本才對，但賽錫克沒有轉交給我。我自己擬了個想像名單，全是社會名流，每個名字都足以引發轟動的醜聞。

澎澎的節目播完了，她關掉電視轉向我。

「怎麼樣了？」她問道。

「什麼怎麼樣？」我回答。

「你在忙的事情進行得怎麼樣？」

「我沒在忙什麼。」我反駁，「還沒。」

「我了解你。你的坐姿、舉止，你眼裡的光芒，你檢查紙袋內容物品的樣子……你心裡有鬼。瑪波小姐回來了。」

「可是她好老。」我假裝不悅大叫。

阿嘉莎．克莉絲蒂筆下這位女主角，根據她在鄉下家裡庭院聽說的事情就能解決無數命案，而且她很少離開椅子，是個白髮老太太。我一點兒也不像她！

「我哪知道？我好多年沒看偵探小說了。把你比喻成白羅就太扯了，所以我用瑪波小姐。」

「你可以說琵爾小姐。你知道的，《復仇者》影集裡的黛安娜．雷格。」

「對喔。」她同意，「你會跳來跳去痛扁男人。」

「我練的叫合氣道。」我告訴她，「加上一點泰拳。」其實，我已經幾星期沒練習，生疏了，恐怕連一呎都跳不起來。不久前我還能跳個將近兩公尺的，同時用左腳或右腳猛踢敵人的頭。

澎澎盤起雙腳坐著，安坐在扶手椅。

「那麼，告訴我。你在幹什麼？遇上什麼事情？發現了什麼？」

澎澎對我露齒笑笑。

「不多。」我只說。

「我不相信！你從來不會空手回家。賽錫克寄給你的紙袋是什麼東西？」即使沉溺在料理節目，沒什麼事瞞得過澎澎。她不是已經知道我的電腦密碼了嗎？

「你要是打給賽錫克道謝，幫我問候他。這點小事我猜你不會反對吧。」她又說。

「我正要打給他。」

「喔，提醒他要帶老婆來看我表演。他們一直沒來。轉達我很失望，好嗎？」

她臉上綻放著邪惡的笑容，眼神發亮。我忘了從前澎澎的眼睛有多漂亮。濃稠蜂蜜的顏色，加上巧克力色斑點。她的瞳孔很大，讓眼神看起來更溫暖。是她臉上的賣點。她的羅馬鷹勾鼻已經動手術修減得幾乎看不出來，而且她老是本能地嘟著小嘴。她臉上唯一剩下的特徵是那對大得出奇的明亮眼睛。

「你在笑什麼？」我問，「你有秘密。說吧。」

起初她裝模作樣，假裝不願意。然後她丟出炸彈：

「法魯克．哈諾格魯因爲證據不足被釋放了。」

「這麼快？」

「嗯，他們缺乏證據怎麼關他？」

賽錫克暗示過他們會直接捏造出來，似乎有些人的想法不同。

「這再次證明了哈魯克是個好律師。」澎澎繼續說，「如果我惹上官司，我會直接去找他。他確實是貴了點，但是一分錢一分貨。算他厲害！」

「你怎麼知道他被釋放。電視說的嗎？」

「不，親愛的。我打電話給卡儂表示同情，她告訴我的。當然，他們很高興。但是這實在太可怕了：被控謀殺，關在牢裡。願阿拉讓即使我最糟的敵人也不必受此噩運。保護我們，全能的眞主啊！」

「但是他仍然必須解釋。牛郎爲什麼打電話給他？如果你要找醜聞，這是最重大的一樁。現在開香檳還嫌太早。」

「沒錯，親愛的，但是你不能否認雇用牛郎和殺人差很遠。我是說，很多夫妻用這類手段調劑他們的性生活。有人偏愛應召女郎，有人喜歡出租帥哥。還有的人喜歡A片。有啥大不了？」

「我不適合評論，這些話試試拿去告訴他的生意夥伴吧。」我提醒澎澎，她亟需建立現實感。「金融市場上充滿對這種事嗤之以鼻的老頑固，你不記得傳說中有個商人每次出國就變裝嗎？」

「他們會議論，然後很快忘光。」她爭論，「你別以爲愛講八卦的人有什麼不同！他們都有見不得人的事情，每個人。即使還沒做壞事的人也在妄想。你跟我一樣心裡有數。」

澎澎搖頭裝出厭世的「老娘什麼沒見識過」姿態，站了起來。

「我現在去做酸味肉丸，我們一起好好吃頓飯。」

光提起這道菜我就流口水了。

10

澎澎的兩天悉心照料在我身上創造奇蹟。我看看鏡中的自己，兩眼下方的黑眼圈不見了；還是數得出肋骨，但是看來只是很瘦而非垂死。

我對化妝的神奇魔力並不陌生。拿觀光簽證去紐約時，我沒錢也沒工作，只能去葬儀社打工一陣子。當然是非法的。當時我年輕又愛冒險，正在拚命建立新生活，從頭開始。但是沒撐太久。

我在葬儀社的工資很少，但我學會了關於化妝的所有商業機密。我老闆阿貝托是個義大利老同性戀，也是業界最厲害的人，即使最破爛的遺體也能化腐朽爲神奇，免得家屬打開棺木看到遺容太難過。

他的英語口音很重，加上感嘆與咒罵用的奇怪義大利語，但總能讓遺體漂漂亮亮，而且一路指點我。他一碰到男性遺體就特別龜毛，總是仔細檢查半天；至於女性，他花費的時間就少多了。無論什麼年齡，目標永遠是製造少女的純眞氣息，他很愛用淡粉紅色唇膏與淺桃色脂粉……老太太的兩頰一定要加點胭紅，額頭上也要加點白粉。年輕女士一定會畫上棕色眼線與厚厚的睫毛膏，每根睫毛從頭到尾細心塗上。他宣稱，家屬就喜歡這一套。遺體看起來越純眞，哀悼過程越流暢。

我也學會怎麼在雙手化妝，通常它占據著首要位置，照慣例，交疊抓著一串念珠或十字架。

因爲血管腐爛了，意思是，因爲血液已經抽乾，不需處理難看的隆起。只需要上一點粉，必要的話再加一點遮瑕膏。如果表面受損到塗幾層油漆都無法製造年輕濕潤的幻覺，就在皮下注射熱石蠟。阿貝托宣稱熱石蠟法是他已故叔叔傳下來的家族秘密，叔叔也是個無可救藥的單身漢——意思是同志。或許根據某種變態的邏輯，我的性傾向讓他把我當作家人看待，因爲阿貝托從不吝於傾囊相授。

某天早上他在睡夢中安詳過世，我又變回孤家寡人，沒錢沒工作，在紐約的最深處。最後我放棄展開新生活的夢想。當年我是理想主義者，決心用老派方法盡力賺錢，藉著肢體勞動。我完全不考慮依賴我的性魅力。每當面對古怪的性騷擾，我會用這些年看胡雅·科伊吉特（資深女星）電影學來的最強烈的語氣抗議。

緬懷著從前跟老阿貝托度過的日子，我一面忙著振作。雖然化妝相當克制，成果很驚人。現在可以拜訪哈魯克·佩克登了。如同醜小鴨變身成美麗的天鵝，澎澎的流鼻涕朋友也變成眞正的歌舞女郎。

最適合我的顏色是淡粉紅與淡藍色。當然還有黑色，人人都適合。可是我現在太瘦不適合穿黑衣，所以我穿一件粉紅褲子、白毛衣與搭配的外套，最後加上白手套強化效果。

當我走出浴室，澎澎發出色狼的響亮口哨。

「我的天啊！你美呆了……」

「多虧有你。」

我們擁抱，但頭部保持足夠距離，免得意外摩擦臉頰把妝弄壞。

「你可以多用一點顏色。」澎澎判定，「你看起來好蒼白。」

澎澎分不清楚日常化妝跟舞台妝有什麼差別。含蓄不是她的長處：不是完全素顏，就是誇張的濃妝！

但她還是動搖了我的自信，只有一點點。我又照照鏡子。我選的唇膏看來確實有點黯淡，至少我可以加點光澤。

我走近哈魯克．佩克登在哈比耶區的辦公室，發現自己異常興奮。我一定是暈頭轉向了，一想到握手，我的手緊握在他手裡，就讓我脊椎顫抖。

辦公室在希爾頓飯店附近，可眺望海景那一側。是上世紀四〇到五〇年代遺留的氣派老建築之一，有挑高天花板和大到不實用的房間。哈魯克．佩克登的辦公室宛如裝飾藝術風格精品的展示櫥窗。

我遭遇的第一個重大障礙是已經進入中老年的秘書，堅持進行疲勞拷問才會讓訪客進入魔法門那種人。從門上的招牌判斷，哈魯克沒有共用場地的合夥人或律師同僚。所以整個地方，包括每件家具，都是哈魯克．佩克登的私產。

「您有預約嗎？」打量我大半天之後，婦人問道。

不，我沒有。

「我們今天很忙。」她打發地解釋。

就像護士詢問「我們」是否發燒，或記得服用「我們的」藥，門口這個女妖非常認同她的老闆，認為「他們」顯然太忙沒空見我。就我所知，她目前唯一的工作就是用無禮的問題阻擋我。

「你願意的話可以等，但他可能沒空見你。」她說，「或者你也可以找希貝兒女士或艾圖斯先生談。」

我聽到這兩個名字表情茫然，她又告訴我他們是「哈魯克先生的助理」，最好先跟他們之一開個初步會議。

「我真的必須私下見佩克登先生。」我堅定地說。

都怪澎澎！因爲她我才用「私下」這種老套說法，感覺好像土耳其餐廳裡的舞台劇女演員。

「請稍候。」

我被帶進無疑曾是掃帚櫃的小房間，裡面只有一張小會議桌和兩張披著摩洛哥羊皮的大型扶手椅。有窗子，但是沒景觀。

秘書原地轉身之後離開房間，問我要不要喝點什麼。

「麻煩你，一杯水，常溫的。」

時髦的茶或咖啡都比不上生命的泉源，簡單的水。這年頭重視健康的上流社會除非喝昂貴的麥芽威士忌或進口啤酒，通常偏好喝水。

我在心裡盤算該對哈魯克說什麼、怎麼說，門打開後有個眼鏡女子探頭進來。

「抱歉。」她說，「我以爲這裡沒人。」

但她繼續看著我。我微笑一下，回望。我們互相打量片刻，她看到足以滿足好奇心之後，關上房門。

那位專業的秘書一定是直接去找同事跟朋友來講我的八卦，才來偷看一下。或許是她說的助理希貝兒女士，她不能算醜，但不太可愛，有點討厭又太過好奇。

我在心裡編排奧黛莉．赫本電影的年代順序打發無聊，也努力回憶她的搭檔明星和服裝。我最愛的是《羅馬假期》、《黃昏之戀》、《偷龍轉鳳》、《謎中謎》和《龍鳳配》。最不喜歡的則是

《綠廈》和《恩怨情天》，約翰．休斯頓導演的，我仍然敬仰他。前者背景設定在森林，奧黛莉穿破爛連身裙。沒什麼我愛看的。後者是西部片，沒有換衣服。《窈窕淑女》的服裝最豐富，一件比一件誇張……但是沒有適合日常穿著的。當我得知奧黛莉唱歌的戲分全是對嘴，對電影的感覺也冷了。至今我仍無法確定該片整體上算不算成功，我的頭好痛。

這時房門打開，愛八卦的秘書走進來告訴我哈魯克先生在他的辦公室裡等我。

哈魯克站起來迎接我，臉上掛著我猜想面對客戶用的虛僞笑容。他的牙齒好漂亮，身穿散發魅力的淡藍色襯衫，解開了紅、白、深藍三色的條紋領帶。沒有啤酒肚。我要是解開他鈕扣，會看見美觀的肌肉和金色胸毛。至少這點我確信。

房間可以看見希爾頓飯店庭園的美景，與遠方博斯普魯斯海峽上點綴的橋梁，深藍的海面一片平坦。

他指著椅子請我坐，同時咕噥說，「眞高興再見到你。」根本沒看我的臉。他是個專業的騙子。

「我也是。」我喘息著低聲回答。

他第一次直視著我。他似乎察覺我的外表改變了，但是不確定哪裡不同。他抬起嘴角淺笑一下。

他一定發現我臉紅了。

我們在裝飾藝術風格的黑漆扶手高級麂皮椅子上相對而坐，如果我大膽向前移動，我們的膝蓋就會碰到。

「你想喝什麼？」他問。仍然正面看著我的臉，我搜尋他眼中感興趣的火花。確定一點火花也沒有。

「我剛喝過了。」我說，「謝謝。」

「如果稍後想要什麼，再跟我說。」他說。僅此而已。

他仍然用正式的「您」稱呼。這個誘人的完美男性，經過多年工作與玩樂的淬煉，充滿自信能輕易讓任何訪客放鬆，正在看著我，直到我眼睛深處。「呃，這是怎麼回事。」他的眼神說。

我可以用很多枝節長篇大論地解釋，「重點」是我幻想脫他的褲子。

「法魯克先生被指控的命案。」我只說。

他似乎不受我充滿愛意與仰慕的注視所影響。

「我經常被這種案子吸引。」我說明，「我很感興趣，自己做了點研究。有時我會發現一些東西。」

「像是業餘偵探，對嗎？」他說。

「也可以這麼說。」我有點不悅地回答，「我曾經幫忙破過幾件神秘的命案。」

他在椅子上換姿勢，同時臉上表情也變了。我不確定現在他看著我是勉強正視我，或是剛發現他遇上了瘋狂的人妖。

「這個案子我也有一些發現。」

我不知道還能說什麼，如果他能幫我一下就好。但他只是呆坐著，眼神迷茫地打量，讓我更加結巴。

我好想伸手撫摸他的臉頰，然後俯身吻在他飢渴的嘴唇上。但是我忍住。

「那麼，你發現了什麼？」他終於問。

「沃坎・薩里多干，那個死者，認識的人都不是很喜歡他。這個牛郎在短時間內賺了相當多錢。」

「對。」他慢慢說，一點也不驚訝。

他托著下巴的手好細緻，世界上可能有這麼吸引人的皮膚嗎？

「看來我說的你已經知道了。」

「對，我知道……這不是什麼機密，呃，被害人，不是很受人尊重。」

「他有個酗酒又嗑藥的弟弟。聽說他爲了錢什麼都敢做，爲了供養他的惡習。」我繼續說。

我等待他的反應。沒動靜。

「請講。」片刻之後他說。

「還有手機。如果警方追查他手機裡所有撥出與接聽的號碼，我猜想一定有不少醜聞。」

他的笑聲倒是眞的。

「這我就不敢確定了。」他皺眉說。

「無論如何都別太確定。」我說。

「命案很確定不是搶劫引起。」他若有所思地說，「下手的人沒碰皮夾，裡面有些錢，也沒拿金錶、金鍊子跟他的手機。」

哈魯克跟我一樣對警方紀錄瞭若指掌。

「那麼，你不認爲凶手犯了愚蠢的錯誤嗎？」我問道，「爲何留下手機這種重要證物？」

他瞇起眼睛，觀察我的臉色。他咬著他的右手拇指。好可愛。

「或許是故意的。」他提議，「爲了嫁禍給法魯克。」

「但是正如你所說，把手機留在屍體身上不足以讓法魯克先生定罪。如果不是他幹的，是誰？他們爲什麼要讓他看起來像嫌犯？」

「問得好！」哈魯克說，「這些都是很合理的疑問，但我建議你讓警方來解答。我已經盡力了，盡快讓法魯克獲釋同時洗刷罪名。」

「但是他還沒擺脫嫌疑。」我指出。

「但是也不能起訴他。」他反駁，「最壞的情況也只能指控他跟牛郎聯絡。那很丟臉，但是不犯法。謠言來得快去得也快。我只希望他的家人不會被影響，他老婆一定支持他。否則，她早就出來發表聲明了。頂多，他會被貼上不道德、性變態的標籤。可能有些人會唾棄他。就這樣。」

「就這樣？」我懷疑地問。

他倚向前，一手放到我膝蓋上。

我樂翻了。

「想想你一定克服過這種事情，甚至更嚴重的事，而且是每天……」

我想回答，但是不行。我眞正想要的只是擁抱他，我希望那隻手永遠停在我膝蓋上。一陣溫暖傳遍我全身。

我也伸手放在他手上。

「你說得對。」我低聲說，「但是沒那麼難，只要堅強就好了。」

一道電流傳過我們兩人。我的脊椎刺痛。我們的臉只隔幾吋。我感到他溫暖的呼氣拂過臉上，我的喉嚨，我的皮膚。我吸入他的氣味，我將目光迎向他，然後看他的嘴唇。光看著他就令我慾火焚身。

「我在警界有朋友。」我突然說。

我不知道這話爲何脫口而出。我們必須繼續講話，維持姿勢。說的內容不重要。

「有必要的話，我可以得到更多消息。例如通聯記錄。」

他縮回他的手往後仰。

「這倒有趣。」他笑笑。

我引起他的興趣了。

「不曉得他的電話可以回溯、追蹤到多久。」他說。

「我不知道。」

我看著他眼睛深處，微笑。

「那會是個好開始。」他說。

他找到了目標讓我研究。我暗自想，我會爲他做任何事。但我自己也有幾個疑問。

「我聽說法魯克先生人緣不太好。」

「市場上誰有人緣？成功人士總是被忌恨。」

他脖子上，衣領上方，有幾撮毛髮發亮。顯然，今天早上他刮完鬍子後連他老婆卡儂也沒發現。我暗想，如果他是我的男人，我絕對不會放他這樣出門。

他送客時，只跟我握握手。對，他握手很有力，但我希望的遠超過如此。

11

如果你夠喜歡一個男人，他喜歡什麼你也會喜歡。多年前，我有個不太受家族喜愛的長壽姨媽說過令大家震驚的話：「過了某個階段，我看到每個男人都有興趣。」

她終生未嫁，有些家族長輩可能會說，「出生是處女，到死也會是處女。」但我偷聽到他們關起門來可不是這麼說。當我聽見我媽和她朋友說我姨媽是個「花癡」，我搬出詳盡的家庭字典。從此我對姨媽的看法完全改觀。

我沒有仿效我姨媽：我的性欲很健康，不過分。但是一碰到哈魯克·佩克登，我可以預見自己變成花癡之類的。一想到他就讓我呼吸困難、膝蓋發軟。

我飄出他的辦公室。我不記得是怎麼走到塔克辛廣場，怎麼下山回到我家。我反覆在腦中重播過程，他說過做過的一切，每個字和每個動作。

我不想抱著太高的期望。我剛從分手的傷痛復原，眼前還無法面對拒絕。

對，他確實不像我喜歡他這麼喜歡我。但並不表示他沒有興趣。他沒拒絕我；他在忙碌的日子抽空見我，只為了跟我聊天。他摸了我，我也摸了他。他把手放在我膝蓋沒有馬上縮回去，光這個動作就足以確定。

我走近自家公寓大樓時，發現胡笙在計程車行裡。只有他沒工作，他落單了。我曾經跟他上床一次，因為受不了他的堅持和哀求。後來他以為我是他的財產，我被迫糾正他，公開狠狠修理他一頓讓他知道別看錯我了。

他看到我走過來就轉開頭。自從他挨打後就不是我的司機了。要不是每次我叫車他都碰巧不在，就是他在躲我。

我還是得找到歐坎·薩里多干和濟亞。我知道計程車司機和小巴司機彼此關係不是很好，但他們都是這個社會的一分子，也是駕駛同業。或許計程車司機可以幫得上忙。胡笙也不是什麼壞人，有幾次他還眞的挺好用的，而且他喜歡參與偵探工作。

我不是會跟誰記恨的人，除了幾個我不能在此提起的名字。該是講和的時候了。我走到胡笙的車旁，他假裝調整後照鏡，但我很確定他看到我了。

「哈囉，胡笙。」我說。

他垂下目光轉過頭，看著我。他既緊張又遲疑。

「你該不會還在記恨。」我微笑說。

他下車繃緊臉孔站著，雙手插在牛仔褲口袋，聳起肩膀，狐疑地打量我。

「我有嗎？」他問。

萎靡的傢伙，他用左腳刮刮地面，眼睛一直盯著我。

「沒有理由這樣，是吧？」

「你……」他開口，非正式的「你」脫口而出才改用尊稱，「心裡有數，我猜。」

至少他還記得我對禮貌的堅持，可以加分。

「你在糕餅店當著大家的面打我……」

我的回應簡短又輕鬆。「你自找的，整天糾纏我。我不管到哪裡，你都在。分分秒秒跟在我屁股後面。」

「我無法面對其他人。」他抱怨，「他們聽說之後，全都嘲笑我。多虧了你，我的名聲盪到谷底。」

「你太誇張了，而且我沒打你。我只輕輕踢兩腳把你擺平。如此而已。」

「如此而已，哈，寶貝。」

他假裝用「寶貝」是一時口誤。我知道他的所有花招，他很會演。現在他假裝害羞，從沉重的眼皮底下偷瞄我。

「很抱歉。」他說。

我友善地拍拍他肩膀。

「全都沒事了。」我笑道。

我伸出手，當然，沒忘記先脫下手套。

「還是朋友？」

他毫不猶豫跟我握手，他的手又粗又冷。他發出一聲「嗯哼」，我解讀是肯定的回應。

我親切微笑，問他是否願意幫我個忙。他抬起頭，看著我的眼睛。

不，這不是我想要的。

「我需要打聽幾個小巴司機的事情。我查不到多少資料。我一問起他們，大家都瞎捧。我不太相信。你的耳朵尖。或許聽過一些他們不會當面告訴我的話。你能幫我留意一下嗎？」

「希望不是又在玩什麼偵探遊戲，上次我被打得屁滾尿流。」

有一次他幫我跑腿，只是無害地送個快遞，結果一群流氓痛扁他一頓。那才是我說的毆打，不像我踢那兩下子。

「恐怕就是偵探工作。」我說，「有個司機被殺了。我間接地認識死者和被控謀殺的人。但是似乎缺乏動機，不過司機的背景也不乾淨。」

「你該不會是指薩里耶區那個小巴司機吧？」

「沃坎・薩里多干！」

「對，就是他。大家都在談他。如果他在世的時候這麼有名，他都可以退休了。人生眞是荒謬。」

「你聽說了什麼？」我催他。

電話響了。沒有其他司機在。胡笙示意我等一下，走進計程車休息站去接電話。

他回來時在傻笑。聽我說兩句好話，他就得意忘形了。

「我得走了。」他說，「但是你想要的話我晚點會回來喝茶，你可以告訴我詳情。」

他又來了。

「他有個兄弟，聽說是毒蟲。還有個姊夫。分別叫歐坎和濟亞，到處問問看。」他開車離去時我在後面喊道。

他在後照鏡裡對我行個軍禮，猛踩他的Şahin（荷蘭的設計改裝車廠）計程車油門，甚至留下兩道輪胎痕。

我猜他以爲我會很佩服。

12

當我回到家門口已經完全忘了胡笙，心思全回到哈魯克身上。我慾火焚身坐不住，但是隨便找個人上床也沒用。我知道有些小姐，還有眞正的女人，能閉著眼睛假裝正在嘿咻的對象是她們的夢中情人。但是我不行。我想要專注在上床的對象。我期待我的身心都能屬於同一個男人，或者，在很罕見的情況下，同一個女人。

家裡再度瀰漫著澎澎做菜的迷人香味。我不喜歡在她面前幻想嘿咻的事情。如果我獨處，我就可以隨心所欲。

我還來不及拋出模糊的暗示，澎澎顯然看穿了我的心思，自己提出了話題。

「我要去洗三溫暖。你要一起來嗎？」

我不知道該說什麼。澎澎跟我洗三溫暖的方式完全不同。她認爲那是燃燒卡路里的實用方法，我則是偏向感官面。可想而知，我們上不同的三溫暖：她的比較樸素；我的比較像過熱的地牢。

「我全身都是洋蔥味。」她解開圍裙說，「而且滿身大汗，我想排掉一點毒素也好。順便偷瞄一下晃來晃去的小弟弟。」

別人一定會用「抓」甚至「狼吞虎嚥」當動詞，但是正如澎澎的作風只要偷瞄就滿足了。她距離所謂「無性」不遠。我從來沒聽說過她性欲高漲。如果她眞的跟某人發生關係，永遠是爲了愛情。事後她又會哀怨地後悔好幾天。一連串驗血確認陰性反應之後，她才會放輕鬆閉上嘴。要經過一大段肉欲派認爲簡直是「永恆」的懺悔期，她才會再次「犯罪」。

「我有點累。」我謊稱，「我想要躺一下。」我的第二句比較接近事實，只是缺乏細節。

「當然了，親愛的。」她驚呼，「你要的話我可以留下。我也不是非去三溫暖不可，你開口我就留下。」

「沒關係。」我安撫她，「我已經是大人了。我不怕黑。去吧，玩開心點。」

「那我最好趁汗乾掉之前上路。照例，準備就緒。」她大聲說。

澎澎一出門我立刻打開電腦開始瀏覽我珍藏的稀有A片。某些男主角有點像哈魯克。我搜尋，找到一片。他名叫泰勒．柏班克。在某些照片裡他留了鬍子，也有些留了鬍鬚。隨便啦。瞇著眼睛看來他還是有像哈魯克．佩克登。現在只能湊和了。我開始脫衣服。

門鈴響了。我才剛開始呢。一定是澎澎忘記東西了。我懶得關掉電腦，衝到門口，披上粉紅外套。我把需要的東西拿給她馬上打發她走。

開門後站在我面前的是胡笙。我寧可不要半裸在門口見他。我拚命用外套遮掩身體。沒什麼用。我只好躲在門後。

「我來了。」他說。

他盯著我看。

「路程不遠，我馬上過來了。如果回車行我怕困在車陣裡。」

「幹得好。」我誇獎他。

我把門完全打開，讓他進來。

「在這兒等一下。」我說，「我去穿衣服。」

「不用麻煩了。」他眨個眼說，「我不介意，我也可以放輕鬆一點。」

我們剛剛和好，我有事要他做，所以不須反應過度。我不理會他的意見，走過走道，確信他在看我屁股，一面發出嘆息。我發現澎澎的睡袍，穿上之後回到客廳。

他毫不浪費時間，坐到我最愛的扶手椅。

「你要喝什麼嗎。」我問。

「最簡單的就好……即溶咖啡？」

「我馬上回來。」

「幫我拿杯水來，好嗎？」

不只用熟人的「你」，還用命令式，在我自己家裡使喚我！不過，我忍住沒說話。還有正事要做，耐性是我的美德之一。

我把咖啡遞給他，放了點音樂。海頓的弦樂四重奏三十三號第四、第五與第六碟。

「眞好聽。」他說。

我微笑，但不覺得需要進一步解說。如果他好奇，可以自己過來看看CD的封面。

「說說看你知道了什麼。」我催促。

「我從來沒聽說過那三個人的名字。意思是，直到他們出現在報上。你也知道我們在車行都看報打發時間。那是我第一次聽說那個人。其實，眞正認識他們的是變童納茲米。他也當過小巴司機，跑同樣路線。認識他們很久；總之，他懺悔了，結婚又辭掉司機工作，又跑來我們車行。」

「誰？」我問。

「變童納茲米老弟。」他回答，「這是他很久以前的綽號。我沒發現傳聞屬實的跡象，但是有時我們這樣叫他、激怒他。你眞該看看他拔刀的樣子，還有他非常火大時的咒罵！」

「他說了沃坎什麼？」我問。我沒時間聽計程車行的笑譚，最好趁澎澎回來前送走胡笙。

「呃。」他喝一口咖啡說，「當時沃坎是司機，跟他姊夫一起工作。」

「這不是新聞。」我說，「我已經知道了。」

「重點快到了，但是某人似乎沒什麼耐性。」胡笙賣關子。

「快說。」我命令，「不用製造懸疑氣氛。」

「當時沃坎是個俊俏的小子，濟亞，就是他的姊夫，利用他。」

爲了確認我聽懂他的意思，胡笙睜大眼睛，小心地念出每個字，特別強調「利用」一詞。他說完後，期待地看著我衡量我的反應。我也睜大眼睛，我們面面相覷片刻。

「那傢伙喜歡男色，他利用那孩子直到他去服兵役。」

我眞的很驚訝。

「你好像很吃驚。」胡笙說，洋洋自得。

「當然。我完全沒料到。」

「等等，還有呢。」他說，「你以爲他爲什麼娶沃坎的姊姊？這樣他才能接近沃坎！他們結婚後，讓沃坎跟他們一起住。在同一個屋簷下！太完美了。他們不僅整天在同一輛小巴工作，晚上也住在一起。沃坎當時應該是十三或十四歲，但是根據變童納茲米老弟所說，他眞的很漂亮。人人都喜歡看他。」

「還有嗎？」我問，仍然很震驚。

「這還不夠嗎？這是年度大新聞。賣給電視台，他們可以播上一整年。」

「對，這眞的很震撼，但是納茲米還說了什麼？」

他想了一下，啜飲咖啡。

「他說如果你問他，他認爲是濟亞殺了沃坎。」

「他有什麼根據？」

「嫉妒。」他說，「沃坎退伍之後就不再聽濟亞擺布。確實我們納茲米當時已經不是小巴司機，但他偶爾仍會聽到些消息。濟亞氣炸了。他還威脅那孩子，我是指沃坎。拿刀指著他之類的。」

「好一個愛情故事。」我說。

「我可不敢確定那是愛情。」胡笙反駁。

「那是什麼？你自己說過他會嫉妒。」

「只因爲我表現得像紳士，沒有對你拔刀，你反而覺得不是愛情？」

又來了，扯到我最不想要的話題。對，胡笙很喜歡我。我了解。他想要我也是很正常。不正常的是哈魯克．佩克登不想要我。但是混淆肉欲和愛情正是胡笙的作風。或許他尊重我，甚至喜歡我的個性，但並不表示他愛我。世界上不該有單戀這種事。這太不公平了。不只對他，也對我。

13

送走胡笙後，我在澎澎回來前確認已知事項。越來越混亂了。熱情的萬人迷沃坎死了，留下幾十個心碎的男女，淚眼矇矓欲求不滿。顯然，靠近這個已故牛郎身邊的每個人都爲他神魂顛倒，跟他發生過某種危險關係。

即使法魯克·哈諾格魯並未惡意殺人，媒體照例太急著宣告他有罪，還是有很多其他嫌犯。我認識的每個人似乎都知道指涉某人的把柄。

那個大帥哥，哈魯克·佩克登，一直對我很冷淡又沒什麼幫助，但如果他以爲逃得出我的手掌心，那就太小看我了。我至少還會再去拜訪他幾次。我這個人就是不屈不撓。

我希望訪談的名單越來越長：沃坎的同性戀姊夫濟亞、他的毒蟲弟弟歐坎、瑞菲克·阿爾坦，即使他看似無辜；法魯克·哈諾格魯，雖然我很難跟他單獨會面；也要另外見見法魯克的老婆，我根本不知道她的名字；最後，還有那位女貴族本人，卡儂·哈諾格魯·佩克登。我已經開始磨利爪牙準備對付親愛的哈魯克他老婆了。

我不想再跑去偏遠的小巴車站，意思是我得暫時擱置訪談歐坎和濟亞。可以拜託澎澎安排會見卡儂和她的嫂子，法魯克之妻。等她從三溫暖回來，身心輕鬆精神煥發，我就請她去做。接著只剩下一個人：瑞菲克·阿爾坦。

我撥他的號碼，他聽起來很哀痛。我解釋我經由哈山得知他痛失舊愛，向他致哀。

「謝謝，老闆娘。」他說，「你無法想像我有多麼絕望……我無法參加情人的葬禮。我不敢連絡家屬，禁忌的愛伴隨著很多麻煩。連個葬禮都沒辦法出面。」

他堅持把報紙上公開指稱爲「牛郎」的人，形容爲他的「情人」，倒是有點怪。

「最近我很少出門。」我說，「你們在一起很久了嗎？」

「時間這種概念沒有意義。」他駁斥我，「重要的是彼此的強度……你知道的。我是說，呃，你才剛復原。你的戀情這麼快結束，你一定還記得……」

他眞擅長在傷口上撒鹽。他說得或許有理，我還是很不高興。

「有什麼需要我幫忙嗎？」我問。

「我眞的不需要什麼，老闆娘。我跟痛苦獨處，讓它慢慢流到內心深處。沉默無語。看看我寫的。你想聽聽看嗎？」

最後一句還不錯，但我還來不及回答「不用」，他已經朗誦起詩。我猜想是受了哈魯克啟發，便聽到最後。其實我挺感動的。

「好美。」我誇獎他，「表達得眞好！」

我想起哈山說的，瑞菲克眞的會把他的哀傷融入作品中。

他不會在電話裡告訴我什麼有用的事。其實，迄今沒人告訴過我任何有用的事。

「要我去探望嗎？」我問。

「不用麻煩。」他說，「但是如果你堅持……」

一點也不麻煩，但我也不堅持。我甚至不確定想不想見到瑞菲克。但我倒想看看沃坎的照片，報上的照片和我聽到的描述不夠充足。

我記下他的地址，我們約好時間。

我剛掛斷，電話又響了。無論是誰打來的，他知道我在家。是阿里。從他的語氣和謹慎措辭判斷，他想要我做的事非常重要。他提議我們盡快在辦公室碰面。他想告訴我的事太瑣碎太機密，不能用電話說。

我逃避阿里與工作好一陣子，他的禮貌與友善口吻只顯示出有個大客戶上門。他甚至送了我一大束鮮花。我決定延後造訪瑞菲克，先去見阿里。

我打給瑞菲克解釋。

「老闆娘，要是不方便的話就別來了。」他說，「我提議只是因爲你似乎很想來，其實我挺忙的。」

看在他最近心碎，我耐心聽完他刺耳的獨白。我答應跟阿里的事忙完後會盡快過去。

我在走道的全身鏡貼了張字條給澎澎。她一走進家門會最先看到，澎澎從不錯過鏡子。

我穿好衣服跳上計程車，廿分鐘後抵達辦公室。無趣的秘書菲根在門口迎接。

「好久不見。」她說，「我們都很想你。」

換作比較誠懇的不同情境下，她說的話沒什麼好反駁。阿里來了，他一定是聽到了我的聲音，突然出現在我身邊。無疑是害怕被嚴肅的秘書誤解，他省略掉慣例的熊抱，挽著我的手臂，直接推著我進入我那間臨時辦公室。

照例，阿里直接講重點，這是他的優點之一。請菲根準備兩杯咖啡之後，他關上門開始描述手頭的工作。

有個匿名客戶要我摧毀他們的電腦系統，而且要徹底到讓它永遠無法再次運作。此外，我必須確保工作不會被追查到。就這樣，不成問題。先前有客戶要求過類似的服務以便逃避稅務稽查。即使被控詐欺或做假，他們在法庭上也會過關，罰點錢就沒事。或者擺脫追查他們罪行的人。

我們的工作必須保密，不簽合約。只是握個手談妥工作完成後的酬勞。怪的是他們要求我們從遠端遙控去做。意思是，不去他們的地方，而是利用數據電纜甚至電話線遠距工作。當然，也不能留下事後可以追蹤的任何痕跡。

我問客戶的公司叫什麼名字。

「他們派出了中間人，我不曉得他們是誰。」阿里說。

我沒有理由不相信他。

「他們會提供我們必要的所有電話號碼與密碼。輕而易舉。只要像梳羊毛一樣順利通過他們的系統，別留下紀錄。」

「這可能是陷阱。」我說，「萬一他們要我們摧毀的是別人而非他們自家的系統，怎麼辦？」

「有什麼差別？」阿里反駁，「是他們付錢，我們受他們的委託辦事。如果破壞的眞的是別人的系統，我們還可能創造一個新客戶。我們可以修復他們的系統，賺更多錢。」

「聽著，阿里。」我說，「如果我沒做錯，連我都無法修復系統。破壞比創造容易。」

「那我們就開更高的價錢。」

「唉。」我再度警告阿里，「這我可不敢說。你知道我不是很堅持原則的人，但是只因爲有人付錢就摧毀別人的系統似乎太過分了。」

「公主大人，你饒了我吧。」阿里說，「以前你從來不排斥做這種事。你是怎麼搞的？」

「那是以前的我。」

「喔，少來。你一定沒忘記因爲客戶不願意出我們的報價，我們摧毀過不少系統。記得吧？」

我記得。那是我們對殺價太過分的公司最喜歡的回應。我們一旦摧毀他們的系統，他們會火速上門，開價多少錢都同意。

「即使我們不幹，聖戰2000也會。你知道的！他一直在搶我們的客戶，偷走我們的生意。因爲他我還得停止用網路連絡，我連講手機都有疑慮。我安排開會都只能當面講。」

我默默坐著，阿里又講了一會兒試圖說服我接受這個案子。

「好吧。」我終於屈服，「我做就是了。」

「他們會再通知日期與時間。」

「他們眞有條理啊。」

我一同意接案，阿里就認同了我的疑慮。

「這次你說得對。這裡面有鬼，但只要我們不知情，就不會被影響。我們沒有刑責也不會愧對良心！」

「給我電話號碼和密碼。」我說。

「我不知道，他們會打電話通知。」

「你是說我要整天整夜坐在這裡等他們電話？休想！」

「你當然不用在這兒等。」他安撫說，「我會接觸中間人，由他跟客戶聯絡。因爲這樣我們才同意的，不是嗎？」

阿里去他的辦公室打電話聯絡，丟下我一個。我整理郵件，看了一下最新的雜誌。

菲根端著一杯土耳其咖啡進來，還附了一塊巧克力。

「我剛訂婚。」她宣布，「巧克力是派對剩下的。」

我掩藏驚訝，恭喜她。原來菲根找到老公了。奇蹟中的奇蹟！從我認識她以來，她一直夢想著找個男人，她把認識的每個人，無論年齡與婚姻狀態，都當作潛在追求者看待。

「喔，對了，我可以問你一件事嗎？」

「親愛的，請說。」我回答。用「親愛的」是看在她訂婚的分上。

「你的套裝是哪裡買的，我很喜歡。」

那件套裝是在NetWork買的，但如果菲根馬上跑去買，我就不想再穿了。一想到在公共場所與菲根撞衫我就背脊發涼。問題之一，她屁股很大。找到了未婚夫並不表示她跟我是同類，可以拷貝我的穿著品味。

「我在國外買的。」我謊稱。

「好好看喔。」她說。

我再次謝謝她。

「桌上有我未婚夫的照片，你好奇的話我拿給你看。」

我受夠了。

我繼續心不在焉地翻閱雜誌。

「我現在有點忙，改天吧……」我說。她聽得懂暗示，沒說什麼就出去了。

我還來不及翻完第二本雜誌，阿里回來了。

「他們要我們今天就開始。」他說。

「太好了。」我說，「我們不用乾等。我馬上開始，你會賺到錢的。」

「太好了。我同意。」

「你知道澎澎稱呼你『點鈔機』嗎。」我說。

「澎澎是誰？」

阿里老是忘記跟賺錢無關的所有臉孔和名字。

「她還記得你。」我說，「你見過的，我大姊。」

「啊，對了，你那位朋友，」阿里說謊，顯然想不起來。「總之，關於電話號碼和密碼。」他給我一張粉紅色紙條。

「今晚。」他指示，「七點過後很合適，他們建議九點到十點之間最理想。」

「這麼明確啊！」我說。

「他們付錢，我們聽話，」阿里說。

「你說得對。」我承認。

「拜託，無論你幹什麼，別留下任何痕跡。或許你可以去網咖，在家裡或辦公室都可能有風險。」

他說得對。正如我有時可以追蹤聖戰2000，他和其餘同業也可以抓得到我。這時我突發奇想：何不做得好像是聖戰2000幹的？我可以輕易使用他的連線。對，這樣很冒險。要是他發現了，會認為是宣戰。但是他的花招我都學會了，模仿他的手法並不麻煩。而且如果我去網咖，不可能追蹤到我。

我沒告訴阿里我在想什麼，我們講好我會用暗號通知工作完成了。

14

雖然速度會很慢，用類比電話線比較合適。在數位電纜上比較容易偵測到別人——或被偵測到，類比線路的老舊無效率正是一種先天的安全系統。

我隨身帶著公司的筆電，去了比錫達斯區幾家學生常混的網咖。他們都用數位專線。但我確信應該還有使用中的類比線路，聖戰2000住在比錫達斯區，他兩種都有。我去的上一家網咖幾乎客滿，每台螢幕前都擠著一群青少年。

隔間很小，因爲學生聚集在螢幕前，螢幕完全被遮住。他們保持沉默，偶爾猛吸一口氣，令我懷疑他們不是來網咖寫作業的。

我在門口附近找了台沒人的電腦。我背後會有很多人走來走去，但是值得一試。反正我的螢幕內容並不引人注目。我先試了PC的連線。類比式，正合我意。我同時打開筆電。

我開了好幾個瀏覽器，如果有人突然出現在背後，我可以轉到無害的音樂、旅遊或新聞網站。連線很慢，PC又是老古董。我把PC連接到筆電。身分防護罩就緒，我開始安全地瀏覽。點鈔機阿里給我的第一個號碼試一次就成功。這個網站沒有對外開放。我被連到一條開放的數據機線路。這樣我就輕鬆多了。

好吧，我要讓整個系統崩潰又不留下任何痕跡，但是我忍不住偷看要刪除的是什麼。連線原始得出奇，充滿轉址與標準的防護程式。顯然是業餘軟體的陳年範例。螢幕上第一個影像是個長表格，一長串的數字。

我掃瞄程式以便辨認這是什麼。這些號碼太長又不規則，不是銀行帳號。我開始尋找字母。我不急，剛開始而已。

有個年輕店員突然問我要不要點飲料。我看起來跟店內其他顧客都不同，要是沒拿到小費他不會放過我的。

「你們有什麼？」我問。

他雙手插在牛仔褲口袋，稍微聳肩。

「茶……即溶咖啡……可樂……鹹優酪乳……」

不需要問他們有沒有藥草茶引起騷動。我的服裝和打開的筆電連接到ＰＣ已經顯示我不是普通人，點茴香茶就未免太古怪了。

茶太便宜不適合給大筆小費，所以我點可樂。「別太冰。」我交代。

我只能丟下工作改看其他網站等待痘臉年輕人端飲料回來。他很快就出現了，骯髒的手指摸著我可樂罐上的黃色吸管。我謝謝他，問他價錢。

「離開時一起結帳。」他說。

恢復獨處不受干擾後，我繼續工作。長串數字仍然流過螢幕。如果這是某種密碼，一定很難破解。我們講好的並不包括這個。他們要求我們摧毀他們的系統，不是解譯。況且，我根本不知道這是不是他們的系統。

我啟動搜尋程式尋找任何字母。第一批字母似乎是隨機亂數。接著我看出了名字、城市和片段的句子。簡直像大海撈針，尤其我還不知道「針」是否存在。在搜尋程式中，我輸入了想到的第一個名字：哈魯克．佩克登。我無時無刻不想這個名字，但它沒有出現。我決定理智一點，取消搜尋。如果我看到的是銀行帳號，法魯克．哈諾格魯的名字比較可能出現。我輸入他的名字，然後等待。我相信巧合：在我眼前，清清楚楚，正是法魯克．哈諾格魯的名字。

這下我眞的有興趣了。法魯克的名字怎麼會在這系統裡，這又是什麼系統？我會按照約定摧毀這玩意，但在此之前我可以找些有用的東西。我沒辦法把所有資料傳送到我的筆電。硬碟空間不夠。筆電怎麼可能辦到？

我有預感這些資訊很寶貴，摧毀日後可能對我有用的東西就太愚蠢了。但我答應過阿里。協議條件是我當晚就要摧毀系統。我還有幾個小時。無論如何，別的姑且不論，爲了專業精神，我必須趕快摸清這個系統以確保沒有留下任何虛擬指紋。

爲了整理思緒，我想像自己是面對四個選項的猜謎節目參賽者：（A）視而不見，刪除螢幕上的所有資料；（B）做個備分以便日後私用，然後刪除資料；（C）放棄這個任務並面對後果——即使明知我這麼做，客戶就會雇用聖戰2000來做這件事；（D）立刻去見法魯克．哈諾格魯，把事情掀開。

現在去找法魯克．哈諾格魯等於公開找死，他是案件的主嫌，再怎麼說，也是個餿主意。在許可的空檔內壓縮並拷貝這個龐大系統幾乎不可能。不只會花上一整夜，我還必須找到容量龐大的最新型電腦。而且我沒有辦法只拷貝看似重要的部分；我仍然不知道一個接一個的數字與人名檔案內容是什麼，或有什麼意義。時間不多了。

聖戰2000是唯一能幫我的人。但是要他出手很困難，我一想到他會怎樣要求我就心生畏懼。我努力想替代方案，但是失敗。除了聖戰2000沒人可以求援。我很清楚怎麼找他幫忙，誘惑他很容易。但是想起我們工作完成後怎麼實踐承諾就害怕。

我省略安全措施，進入一個我知道他常去的私人聊天室。

<親愛的，晚安，

我開口。

他不可能認不出我。他立刻發了個佩服的訊息給我。

<你在哪裡？這不是你的位址！

聰明的孩子，他已經查過我從哪裡登入的。我不理會他的問題，直接講重點。

<救命！

<我需要你幫忙

<你有空嗎？

他一眨眼就答覆了。

<我什麼時候拒絕過你

＜但你必須付出代價

我不想深入寫細節，這太複雜了。

＜我可以去找你嗎？

＜休想

我沒料到會被拒絕，困在輪椅上的電腦天才聖戰2000跟父母住在比錫達斯區。大寫字母表示他要不是即將高潮就是發生了什麼怪事。我又說：

＜我現在急需你幫忙

這次他花了點時間回覆，或許他眞的在忙。

＜現在不可能

暫停一下之後，我螢幕上出現一大串文字。

∧如果是我猜想的那件事，別碰！

∧他們很危險

∧不要碰！

寫東西之前暫停不像聖戰的作風。我知道他在監視我，但他不可能知道我在做什麼或我剛打開的檔案內容。我關掉了所有安全措施。其實，我還提醒自己，這裡是家三流網咖。眞是太不安全了！

∧我不懂

∧你在說什麼

∧我需要額外儲存空間

∧幫我找找

∧傳送一些資料

∧我無法把整個系統傳到ＰＣ上

兩分鐘沒有回應。然後，他丟水球給我。不是慣例的布道文和末日經文，他在所有字母和單字之間插入了數字。我花了點時間才解讀出來。

∧是那個客户！

^放棄吧

^不然你會倒楣

^有很多數字

^但不是彩券

^不要碰

我很困惑。他不可能知道我們是否在做同一個任務。即使他想保護我，畢竟，我們是競爭對手。

^別傻了

^你認不出你的螢幕上是什麼嗎？

我終於懂了。他傳來的數字，我以為只是普通的水球，其實是我打算摧毀的那個系統資料庫。

^你以為你在幹什麼？

^滾出我的連線

我寫的時候很生氣。夠了就是夠了。雖然在網咖上網，他還是有辦法追蹤我。改天我們可要好好算帳。

＜這是我的差事

＜該滾蛋的是你，不是我

他關閉連線，我打去他的個人手機。

「你開始惹毛我了！」我怒道。

「你這是在幹什麼？這是我的合約。你有什麼權利搶我的工作？這是我的。我尊重你……但是滾開！」

「我們也接了這個合約。」我告訴他，「別想搶走。別再追蹤我。市場夠大容得下我們兩人。你老是跟蹤我！我受夠了。如果我們互搶生意，就會雙輸。」

「你的合約是什麼意思？我一週前就談定了，正等著跟他們會面。他們給了我日期和時間，結果出現的是誰？你！」

「他們也給了我們指示，我們應該在兩小時內完成這件事。」

「等一下。」他說，「你的客戶是誰？」

「是機密。你的又是誰？」

「是機密。」

然後我有個離譜的念頭：兩個頂級駭客受雇做同一件事！

「他們具體要求你做什麼？」我問道，「他們要我摧毀他們的整個系統，連帶所有資料。他們叫你做什麼？保護他們的系統嗎？」

「不，不是那麼回事，」聖戰2000說，「他們只要我在指定時間製造一個中介連線把他們的系統連到另一個系統。他們的系統太難用了。」

「聽著。」我說，「我想他們在利用我們兩個。你的電腦扮演某種中介門戶，把他們的系統對外開放。他們指派你繞過安全系統的任務。然後我應該要透過你打開的管道進入，刪除資料庫。懂了嗎？他們利用我們兩個，讓我們都捲入這件事。我們都沒有完全責任，也都被蒙在鼓裡。說到這裡，這整件事比我所知的還要黑暗。」

「你一定是認眞的。」他說，「你一次『唉唷』也沒說。」

我忍不住笑了。

「技術上而言，你說的有可能，」他繼續說，「但他們爲何這麼做？爲什麼要付兩人份的錢？」

「我不知道，但是看看他們給你的連線碼……」

我念出密碼後，輪到他驚訝了。

「那是我給自己電腦製造的虛擬位址，讓他們可以從國外跟我連線。」

「他們叫我從國外用轉址，但是我發現你打通的管道之後決定不用麻煩了。」

「原來我是這樣找到你的。」他開玩笑，「最近你表現失常喔，我看你退步了。」

隨便啦。如果他認爲我退步了，或許他會放過我不再煩我。但是我吸引他的不只是駭客技能而已。

「那麼你能幫我儲存這些資料嗎？」我問，「你有足夠空間嗎？」

「我想沒有。」他說，「這是很老舊的資料庫，笨拙又難用。而且程式碼寫得很爛。連我都搞不清楚。」

「你不曉得這是什麼嗎？」

「其實我沒仔細看過，」他說，「我在影音網站。有兩個傢伙正在做最難以啟齒的事情。眞不敢相信我的眼睛，或許我們改天試試吧。」

「想都別想！」我說。

聖戰2000喜歡性虐待、橡膠這類花招。這種事不僅無法令我興奮，我根本不覺得有趣。

我看看時鐘。我連到這個系統快一小時了，聖戰2000更久。如果有人在監視我們，而且稍微有點經驗，這時他應該發現了。但是沒有任何人發現的跡象。

「我在資料裡發現一個名字。不知道爲什麼，吸引了我注意。」我說，「我想在摧毀系統之前進一步研究。要是你幫我，或許會發現我變得比較……親切。」

「那叫勒索！」他怒道。

「那又怎樣，」我說，「你幫我，我就幫你。」

沉默片刻。

「你在逼我。」他說，「我對這整件事有不祥的預感。我連上的是外部系統，不是他們的東西。而且我們兩個都受他們的委託做事……根本不知道『他們』是誰。我覺得這麼多額外安全措施有點不妙。如果我是你，我會完成工作，拿了錢守口如瓶。」

「你到底要不要幫我？」

「我們進入危險區了……但是我怎麼能拒絕你呢。OK，不過我無法拷貝整個系統。把名字給我。」

我給他法魯克的全名。

「還有。」我補充，「哈魯克．佩克登。」

我忍不住。如果法魯克．哈諾格魯在裡面，很可能哈魯克也會在。

「女王陛下，隨時效勞。花朵送到時就開始！我要下線了。」

他說的花朵大約二十五分鐘後出現在我的螢幕上：一大堆色彩鮮豔的字母構成的大花束！

該開始幹活了。到晚上十點，我傳出議定的手機簡訊給阿里：「我不餓」。我還留了一大筆小費給那個痘臉服務生。

15

澎澎在家裡等我，一張臭臉，準備開戰。

「我擔心死了。」我一踏進門她就說。「你有帶電話，但是關機！我打去，沒人接。我又打給哈山，他什麼都不知道。我改打辦公室……點鈔機什麼都不肯說。他說，我不知道，就掛斷了。我確定你一定出事了，你眞會把我逼瘋。你自己的心理健康狀態又不是完美無缺，至少你可以讓我輕鬆一點。」

「謝謝。」我說，「你眞會鼓舞士氣。」

「喔，我懂了。」她說，「現在都是我的錯！我們當了幾十年朋友，我才丟下一切離開我家來照顧你。我打掃忙碌了好幾天——意思是，當我不在廚房扮奴隸的時候。爲什麼？爲了幫你。而你怎麼做？失蹤，不負責任到極點，直到三更半夜。你知道現在幾點了嗎？我還考慮過打電話給你的警察局長朋友。夠了。我要走了。我絕對不忍受這種虐待。」

「別鬧了，澎澎。」我說，「這是重要的工作……」

澎澎一被擁抱就會軟化。這次也一樣。其實，她離開也不錯，但我無法否認多虧了她，我才活得像女王般舒適又愉快。

「看，我沒事。」我繼續說，「這都要感謝你。當然，如果想回家就回去吧。我知道我很無趣，把你累壞了。」

「別以爲這樣我就會軟化！我還忙著接你的電話，把晚餐燒焦了。我們沒東西吃了！」

這對澎澎算是最慘重的災難。

「我們出去吃。」我說，「我請客！」

「太晚了……我現在只能勉強趕上登台。我必須走了。」

「我們晚點再會合。」我說。

「你是說你要跟我去？」

「我也該去我自己店裡，看看一切是否正常。」

我剛說的非常合理，但並不能阻止澎澎從頭到腳打量我，然後看看錶匆忙出門說：

「隨便你吧。」

我衝進浴室準備出門。我有兩個選擇：照例盛裝打扮迷死他們，或採取悲情攻勢，像隻大病初癒的可憐小動物搏取同情。

我決定採用前者。

我沒時間處理不愉快的意外，所以打給哈山通知我要去。他假裝開心，但是被我識破。我確信他在我缺席期間很享受扮演暴君。該是把他從寶座上推翻、奪回我女王蜂的地位，把他打回工蜂角色的時候了。

掛斷之後，我瀏覽澎澎上法國學校練出來的高明書法所寫的電話留言。當我徒勞地尋找「哈魯克・佩克登」的名字，只有「胡笙」的名字出現好幾次。除非搞定這個男人，我怎麼可能專注在任何事情上？

反正我去店裡途中也會見到胡笙。既然我們和好了，他會在平常時間到車行等客人。如果他有話要跟我說，可以在路上說。

我穿上最愛的黑色細長洋裝，就像奧黛莉赫本在《第凡內早餐》穿的那件一樣無領無袖，加上三串大顆珍珠項鍊與一雙絲緞長手套效果更完整。只差菸嘴和法國捲菸。我至少跟奧黛莉一樣瘦，但是性感多了。

我叫計程車，不出所料，胡笙來了。我還沒坐穩他就開始講話。

「我打電話找了你一整天，但是你不在。我留了話，但是你沒回電。孌童納茲米老弟有驚人的消息。關於你在打聽的那個小巴司機，死者的弟弟……他失蹤了！好幾天沒人看到他。整家車行的人都在找他。」

「你可以試試先說『晚安』。」我糾正胡笙。

「對喔，晚安。我想我太激動了，以為你也會很興奮。」

「所以你這個納茲米兄弟怎麼知道他失蹤了？」

「有些車行的人過去致哀，那邊的小巴司機說沃坎暗藏了很多錢。他們認為他弟弟在他被殺後帶著錢跑了。」

「這有可能。」我想一下，「其實，很可能。」

「我發誓今晚的你怪怪的。通常我講這種新聞時你不會像雕像呆坐著。」

「那我該怎麼做？」

「如果你想要這樣……」

「開車吧。我好幾天沒去店裡，很懷念。」

「你整天跑哪裡去了？」一上路之後，胡笙問，一面開上山坡。

「我不必向你報告。」我提高音量回答，「我愛去哪裡就去哪裡。」

我不會因爲我們睡過兩次就忍受任何冒犯。

「振作點，不用抱太大期望。」我繼續說，「發生的事就發生了。不用想太多。」

他猛踩剎車，停在馬路中央。一手搭在椅背上，轉過來面對我。

「你好像貓在玩弄老鼠。」他說，「我知道如果你生氣又會打我一頓。你以前做過。但我也是有感情的。我不是玩具。你不能隨心所欲把我呼來喝去。」

「那就不要。」我生氣了，「繼續開車。」

「你另外叫一輛計程車！」他喊道。

「別傻了，胡笙！我們在半路。」

「我會載你回車行。」他說。

「所以你又要鬧小孩脾氣了？」

他繼續開車。

「你對待我像個小孩，我爲什麼不能當小孩？」

「別鬧事了！」我說，「快上路。我累了，你生氣了……不要拖延。」

「我在車行等了你一整天，沒有其他載客收入。」

「我有叫你等我嗎？」

「沒有。」他承認。

「所以呢？」

保鑣肯尼在店門口迎接，幫我扶著車門。他還吻我的手，我一定露出了驚訝之色。肯尼是從哪裡學會這招的？

「〈胡雅·艾夫撒秀〉的人都是這麼做的，」他解釋，「她有哪一點比得上你？」

「沒錯。我還有她永遠沒有的東西。」我說。我只有一瞬間對我的小笑話感到羞愧，因爲我一踏進店裡，閃光燈大亮，彩色紙屑撒落，哈山緊緊抱得我快要窒息。

哈山知道我要來巡店後，他和其餘男員工，肯尼、酒保蘇克魯、DJ奧斯曼和固定班底的小姐，籌備了一個驚喜派對。我不禁大受感動。在「歡迎回家」呼聲中，我被拖進舞池。我最愛的歌，天氣女孩演唱的〈*It's Raining Men*〉開始播放。大家讓出比平時更大的空間給我，我剛轉完第二圈，眾人輪流上前祝福擁抱親吻我。我差點喜極而泣，感激又驕傲。

我的好心情無疑讓哈山不太順眼，他邊跳舞邊走到我身旁說，「瑞菲克打來找你兩次。你原本說要去看他，他等了你一整晚。」

恭喜，他成功破壞了我的好心情。我完全忘了瑞菲克·阿爾坦的事。他一定會發現我放他鴿子跑來店裡。瑞菲克幾個月來一直對我講話不客氣，一有機會就羞辱我。但他還是毫不猶豫光顧店裡——我的店。

「喔，我完全忘了他的事。」我說，「一點也不像我，提醒我打電話道歉。」

「他是最不值得你道歉的人。」

「如果有人該道歉，是他。」毛怪黛梅特又說。所以，肯定因爲哈山的大嘴巴，店裡每個人都知道我錯過了跟瑞菲克·阿爾坦的會面。

他們立刻誤解了我擔憂的臉色。

「別擔心。」黛梅特繼續說，「如果他不再光顧，隨便他。我們不需要他這種人！」

我想毛怪黛梅特說得對，但是瑞菲克跟他的同儕確實帶給了店裡一點知識分子的氣息。

我被大門分心了。門打開，走進來三個人。三個男人。我充滿希望輪流瞄了每個人一眼。走在最後的是不是哈魯克．佩克登……不是。在昏暗燈光下每個人都很像我的哈魯克，我會屏住呼吸，等他轉向我。我在想什麼？像他這種人怎麼會來我們店？他一走進門就會被嚇死。我看見神似哈魯克的人感到的興奮變成挫折。我上鉤了。我得設法把他弄到手，否則我會瘋掉。

我的脈搏還在猛跳。〈*It's Raining Men*〉還在播放，但我靜止不動。照例，艾琳的胸部緊繃在薄衣裡，走過來挽我的手。

「大姊，你還好吧？你臉色好蒼白。」然後大叫，「讓路！」艾琳牽著我離開舞池讓我坐下。哈山和蘇克魯擠過人群，表情憂慮地來到我身邊。

「我沒事。」我說。

「你臉色好蒼白。」哈山說，「不如先坐一會兒吧？蘇克魯，拿檸檬汽水來。」

「汽水沒有用。」納蘭插嘴，「拿甜食，她的血糖降低了。」

身為毒蟲，納蘭被公認是這方面的權威。

「那就拿可樂來，再加點糖！快！」哈山說，仍然在使喚蘇克魯。

「可樂也沒用，那是碳酸飲料。」納蘭告訴他們，「普通糖水最好。」

「喝了會噁心，我不要。」我說，「看，我沒事！」

我站起來，卻馬上跌倒。不是我的血壓太低，就是缺乏睡眠讓我累壞了。

16

睜開眼睛若能看到哈魯克·佩克登就太好了，但是低頭看著我的是哈山。對，是哈山一直打我耳光把我叫醒。我說的是眞打耳光。有個小姐在我手腕上搽香水，或許因爲這裡沒有普通的古龍水。嬌蘭Samsara的醉人香氣瀰漫空中。

「他睜開眼睛了！」

他們一定希望我永遠醒不過來！

「我沒事。」我說，「讓我喘口氣。」

最激動的哈山開始大聲發號施令。人群退後。哈山和肯尼各自扶一邊，幫我走到門口。我一定露出傻笑，或許還帶點靦腆。

這是我生平第二次暈倒。第一次在很多年前。身爲倔強任性的小男孩，當我媽拒絕買一雙繡金線的靴子給我，我歇斯底里地大鬧。醒來的時候，靴子擺在我床邊，附帶條件是我只能在家裡穿，也不能被客人看到。暈倒幫我達成了目的。但是這次不一樣。並沒有哈魯克等我睜開眼睛，準備用他強壯的臂膀抱著我帶我走。

相反地，我身邊是肯尼，只因爲定期上健身房鍛練肌肉還算得上可愛，還有哈山，性傾向與品味仍是個謎，但是在變裝夜店上班領微薄薪資，露著股溝晃來晃去又拒絕勾引男人、女人或任何人。這一定是大家所謂「殘酷的命運」之意。

「要我送你回家嗎？」哈山問。
「不要！」我說，「我才剛來。我沒事，只是需要一點新鮮空氣。」
「老闆，你嚇死我們了。」肯尼插嘴，眼睛睜得像圓盤大。「你不是生病剛剛痊癒嗎。」
「要我通知澎澎嗎？」
「不，哈山。」我說，「擺脫她已經夠困難了，讓我安息吧。」
「可是你休息幾星期了。」肯尼說。
「你別管！」我罵他，然後轉向哈山。「看來大家什麼都知道了。晚點我再跟你好好談一談。」
「喔，拜託，肯尼是外人嗎？」
他以爲只要假裝挺身幫肯尼辯護就能脫罪，他錯了。
「我呼吸夠了，也受夠你們了。」我怒道，「回去裡面吧。」
有張特別桌子保留給我，哈山稱之爲VIP角落。它位於舞池和客席之間的戰略要地，是看人與被看的最佳地點。我坐下。蘇克魯端了我的Virgin Mary過來。太完美了，只輸美國進口的調酒。他不只能調出完美的飲料，蘇克魯也是僅存少數的美少年熱愛者。只剩蘇克魯和濟亞，史上最受歡迎牛郎沃坎的姊夫。
小姐們輪流來陪我，互相拚命表達關懷與同情。但是當我機械式地點頭與優雅地微笑，我仍然想到濟亞．哥塔斯。他最近在幹什麼？他老婆、沃坎的姊姊又怎麼了？她知情嗎？
等我感覺身體好一點，不會再暈倒，我就去找濟亞。對，明天早上第一件事。然後我要去找聖戰2000拿他答應幫我下載的資料。他照例會勾引我，我必須無視，或者痛罵他一頓。其實後者也沒什麼用：他最喜歡被羞辱和虐待了。

我的身體感覺還有點遲鈍，但心思仍然敏捷。我的目光盯著悍婦帕米爾，她正在瘋狂熱舞，幾乎像是要找人挑釁。就我所知她喜歡扮演性虐待女王玩花樣。憑她高大強壯的體格、年輕時打籃球曬黑的肌膚，長腿，窄小皮裙與高到大腿的塑膠高跟靴子，她很適合我心裡的一件小任務。我叫她過來。

「是，大姊。」她走向我，一面懶洋洋地說。帕米爾認爲用鼻孔講話能比較有女人味。

「坐下。」我說，「我有話跟你說。」

「有什麼問題嗎？發生什麼事了？」

「沒問題，我有個提議想問問你。」

她專心地聽我簡短描述聖戰2000：坐輪椅的電腦天才，看起來有點像史蒂芬．霍金，而且是永不滿足的被虐狂。

「去大展身手吧。」我說，「如果對你太強人所難，我了解。無論如何我都會付你酬勞，我欠他人情。」

「什麼意思，大姊？我作夢也不會收你的錢……想想你爲我做過多少事……我的眉毛被割傷時是你送我去急診室，要他們保證不會留下疤痕。你救了我的臉。我從來沒忘記。而且我跟每個人都說過。」

「眞的？」我感動著。

我不禁笑了出來，就像今晚稍早那樣。

「當然。」她繼續說，「現在已經沒人會幫助別人了。我永遠無法報答你。想想你保釋我出來多少次，我都數不清了。告訴我需要服務誰——我不在乎那是伍迪．艾倫還是伊爾瑪茲．艾多甘（土耳其資深男星兼導演）。如果你需要，不只一次，一星期都行。」

原來帕米爾不認識史蒂芬．霍金。以看男人的品味而言，我不是艾倫或艾多甘的粉絲，但她還沒見過化名聖戰2000的凱末爾。

「你最好先見過他。」我警告她，「然後再決定。」

「沒問題，必要的話我會閉上眼睛盡我的職責……」

她起身離席，用鼻音大笑，仍然堅信自己是個迷人的女妖。

我對聖戰2000的創意對策大大改善了心情。眞希望有人能代替我跟哈魯克．佩克登說話，幫我贏得他的心！一次就好！一次就夠了。就像拿奧斯卡獎、葛萊美獎或諾貝爾獎。如果我能誘惑他一次，他會欲罷不能，我有把握。嘗過一次，他就是我的。

我看著小姐們在潛在顧客面前表演最性感、甚至猥褻的舞步，坐在原位夢想著哈魯克直到天亮。

17

有了賽錫克給我的地址，找到濟亞．哥塔斯的家輕而易舉。他住在伊拉穆爾區舉辦每週市集的窄街，跟其他大樓難以分辨、有飯菜香味飄出街上的灰黃色大樓頂樓。

樓梯間看來彷彿從落成之後就沒有整修過。階梯因爲多年持續擦拭相當光亮，帶著模糊的香皂味。門口踏墊完全被鞋堆遮住，兩旁的地面也差不多。各種形狀大小的鞋子，男鞋沒擦，鞋跟有磨損。

來開門的是個表情嚴肅宛如班長的年輕女孩。這時，她被指派的任務是應付上門致哀的訪客。一心扮演好大人的角色，她表情陰鬱，只有嘴角稍微露出驕傲的微笑。她退到一旁，示意我進去。

「請進，叔叔。」她說。

我不打算讓這個字破壞我的心情，我是「叔叔」沒錯！

我走向輕柔啜泣聲，被一個打算扮演女主人的鄰居攔截。她已經進入老年，戴手鐲與黃金耳環都是算計過的財富與地位展示。

「歡迎，孩子。」她說，「我就像他阿姨，他母親跟我母親一起把他養大的……」

她預期我做出類似的聲明，我馬上掰了點東西。

「請節哀。」我說，「我很遺憾。」

「好多人喜愛他。從早到晚都有人來問候。祝福他們。進來吧……」

我被帶進客廳，裡面很多男人。婦女一定是坐在別的地方，訪客按照性別隔開。坐在電視對面淚眼矇矓的男子一定是濟亞・哥塔斯。他看起來就像土耳其老片裡的典型壞蛋：黝黑、留鬍子。就像Erol Taş、Bilal İnci和Hayati Hamzaoğlu這類型演員。他抬頭看我。專家的眼光立刻看出我的本質，給我打分數。突然，他站起來擁抱我。

他一身菸臭味。

我被意外的關注嚇了一跳，他一定把我誤認成別人了。

「朋友，請坐。」他說。

「朋友」這個字眼表達很多，他一點也不哀傷。即使他有，也很快就復原了。黑眉毛之下，他的眼睛閃爍著電影反派策畫某種卑劣陰謀時的狡詐光芒。

按照傳統，現場每個人都無趣地長篇大論死者的完美人格與他無窮無盡的善行。我也得講上幾句。我說了。

姊夫盯著我，鎖定目標那種表情。他看上我了；其實，他想要我。但他不知道我是誰、我的來意，或他怎麼出招才不會引人側目。

我也希望跟他獨處。但是理由完全不同。

坐著的人似乎都無意離開座位。每當遇到冷場，有人會發出一聲衷心的「唉」長嘆，展開關於死亡之寓意與生命相對無意義的冗長獨白。濟亞和我似乎是在場唯一會互看的人，其他人不是盯著地板就是神遊物外。

就像任何麻煩製造者，濟亞動作很快。

「來吧，我的獅子，我帶你去看沃坎的舊房間。」他說。我猜他說的「獅子」就是我，因為他不知道我的名字。

他舉起一隻手示意不要打擾其他人盯著地板，用另一隻手攬我的肩帶我離開。我稍微聳肩就能甩開，但他又摸到我背後。當我們經過走道進入一間小臥室，我感覺得到他的目光在我屁股上。沒有跡象顯示這個房間曾經屬於沃坎。裡面只有一張單人床、一把堆著毛毯的椅子，和一座看來歪歪扭扭的衣櫥。

當他開門輕推我進去，濟亞偷摸了我的手臂和肩膀一下。

「你就是他！」關上房門後他驚呼，「你一走進來我就知道了。唉，我必須承認。我們這小子品味眞好。」

除了床上沒地方可坐。我不想坐在他旁邊，被他毛手毛腳，所以我走向窗戶，打算坐在床尾盡量遠離他。我假裝看外面種了兩棵果樹、堆著廢棄家具的陰暗庭園。

「沃坎跟我很親近。」他說，「他給我看過你寫的詩。」

原來如此！這白癡以為我是瑞菲克·阿爾坦，沃坎吃軟飯的最後一個情人。我決定只要誤會符合我的目的就別糾正他。

「我必須見見你。」我說，「澄清一些事情。」

「過來坐這邊。」他哄騙，「讓我擁抱你一下。」

「沃坎跟我說過你的所有事。」我推開他同時說，反正沃坎又不會來駁斥我說的話。濟亞變了臉色。

「天啊！」他驚呼，「你這張漂亮小嘴可別到處亂講。聽見沒有？」

我觀察他一會兒，我想事情時習慣嘟起嘴唇。他誤會了。

「我眞想吃掉那漂亮的嘴唇。」他斜眼瞄我。眞是人渣。

「你對他亮過刀子。」我繼續說。

「胡說！」

「你不覺得羞恥嗎？你自稱愛他，當他離開你卻又拔刀相向。」

他臉上仍然掛著剛才猥褻地打量我時那個邪惡表情。他從襯衫口袋掏出一根菸，點燃。

「沒什麼好丟臉的，」我說，「燃燒的愛！如果所有愛情都像那樣……如此激情……長長久久就好了。」

他深吸一口菸，表情若有所思。

「他是這麼說的？」

「當然。」我回答，「他告訴我很多你的事……」

再抽一口菸，他停頓片刻。我看著他。他似乎迷失在思緒中。好像在思索宇宙的奧秘。

「沒錯，我愛他。」他終於說，「我從未見過像他一樣的人，後來也沒有。這麼輕盈，這麼美麗。你不會懂的。你眞該看看他年輕的時候，像天使似。在他長鬍子之前……毛髮從他粉嫩的身體長出之前。皮膚像奶油，而且聞起來好清新。他學得很快。你懂我的意思嗎？即使以他的年紀……」

我從來不懂戀童癖。或許是因爲我偏好比較成熟的男人，但我就是不懂。其實，這檔事很令人不安。

「你應該感到羞恥，那樣的小男孩……」

「他沒那麼年輕。」濟亞反駁，「他繼父來的時候，他們把他送給我。他念完了中學，大到可以高潮了。而且他也喜歡。我可不是什麼戀童癖。你懂我意思吧？」

所以戀童癖顯然有不同的定義。

他一定察覺了我的不安，甚至厭惡。

「在許多歐洲國家合法性行為下限是十六歲。」他指出。這個禽獸還眞的做過研究嗎？

「那有什麼差別？」我反擊，「小孩就是小孩！」

「完全不是那麼回事。你爲何不懂我的意思呢？我是說，在土耳其怎麼樣？隨時有十三四歲的女孩子嫁人。我爸才十六或十七歲就在村裡結了婚。他連兵役都還沒服過，我出生後他才去當兵。不是你想的那樣！」

「我懂了。」我說，只是爲了結束對話。

他迷失在「往日」，心不在焉地伸手到床底，拿出一瓶廉價白蘭地。他顯然一早上都在斷斷續續地喝酒。喝一口之後，他把瓶子遞給我。

「可以暖暖身體……」

如果我打算讓他講話──我確實是──就必須配合。在他監視的目光下，我喝的那口大部分吐回瓶裡去了。

「感覺好點了？」他問。

我點頭，扮個鬼臉彷彿我的喉嚨被酒刺得灼痛。

「他也愛我……」他說，他又望著遠方。「我必須把他留在身邊，所以我娶了他姊姊。她是個好人，但她不懂怎麼做個眞正的女人。這麼多年了，她還是學不會怎麼讓我興奮。她連吹都不肯吹……但是沃坎，他不一樣。我會從他姊姊床上直接去找他。我會編藉口，跟她說弟弟在哭，讓我睡不著。我讓她懷孕三次所以忙得沒空注意。她太忙著照顧我們的孩子，什麼都沒發現，一次也沒有。夏天我會把她連帶小孩子送回娘家……就只剩我們兩個人。然後我們睡到大床上，一整晚……」

我知道他們的關係，但沒料到這麼熱情。一提到沃坎，他就眼神發亮，幾乎舔著自己的嘴唇。

「眞迷人。」我只說。

「我看得出你是詩人。」他說，一點也沒有反諷之意。

「但是怎麼開始的？」我催促，「你不怕嗎？他不怕嗎？」

「我一向喜歡年輕小夥子。第一次看到沃坎時我差點融化。他就像一大杯冷水。我收留他當我的助手。我太想要他了，無法正眼看他。我不再跟其他人泡咖啡館，改跟他坐在小巴裡等著輪班。喔，他也有興趣。幾乎什麼都有興趣。他父親死了，母親跟其他男人同居……知道狀況了嗎？他完全屬於我……最後，有一天，我再也忍不住。我開車載他到奇尤斯，停在一條泥巴路。我告訴他我的感受……他帶給我的感受……然後我給他錢，說我會加他的週薪。」

原來沃坎因此開始當牛郎，一開始就爲了錢搞同性戀。濟亞又喝一口酒。

「他同意嗎？」

「當然……在當時他就很會討價還價……而且一分錢一分貨。若能重來我也會這麼做。當我想起他給我的快樂……我會毫不後悔給他一百倍！」

他哭了起來。我遇上了鬧相思病的壞蛋，這場面可不好看。穿著邋遢哭哭啼啼的惡棍對我來說很可怕。我就是受不了。

我等著不愉快的奇觀結束。他默默哭泣，眼淚流下來，痛苦得臉色扭曲。

「過來讓我抱一下。」他說。

肩膀上沾到口水和鼻涕已經夠糟，但是我有可能必須應付更糟的事。如果他太過分，我隨時可以用合氣道打暈他，但是在喪家動手很不得體。作爲男人，我認爲他很討人厭；但是作爲悲劇畸戀中被拋棄的一方，我還是替他難過。我交纏在同情與厭惡的矛盾情緒中，同時明知有後果仍勉強尊重他，輕輕坐到床上他的身邊。他用毛茸茸的雙手抱著我繼續哭——在我肩上，我就怕這樣。

「我所有的一切都給了他……盡力爲他做一切，我不理會別人在我背後說什麼。他們說我是戀童癖、雞姦者、變態。你想像得到，就有人說過。但我不理他們。他値得！他受到的待遇從來不是小巴司機。他像個小王子，我靈魂的國王……他長大以後，我仍然愛他，一如以往，甚至更多。他成年之後，想想他可能有需要，我親自帶著他去妓院……什麼也沒發生……但是妓女們對他的工具很欣賞……你知道的，他那話兒很厲害……好看又好用。」

其實，我不知道，我又沒看過。但是卡車貝札的形容讓我們垂涎。我點點頭，還相當誠心地嘆了口氣。

「那你們爲什麼分手？」

「我沒有……我不會，也做不到……是他離開我。他服完兵役以後就有點怪。他很疏離。我們之間有了隔閡，有點冷淡。我懷疑他出了什麼事，想讓他說出來。我是說，他長得好看，光是那大鵰就足以引人注目……但是沒有，什麼事也沒有，至少他什麼都沒告訴我……我提議帶他去度假……他想去波德倫，我也沒去過。ＯＫ，我說。我把小巴租給另一個司機，我們就去了，他完全改變。他的坐姿，站姿，穿著……我們一起走路時，他會超前或落後幾步，假裝在看商店櫥窗。好像他以我爲恥，他不想被看見跟我在一起。」

他又喝一口白蘭地，強烈的液體無疑正好伴隨著他燃燒的情緒。他停頓一下，閉著眼睛，咬緊下巴。然後，繼續講他的故事，心情似乎失落、猶豫，語氣起起伏伏。整個過程，身爲沃坎替代品，我被他捏得很不愉快。

「知情的人叫我把他拋到腦後，忘了他。我怎麼可能忘了他？他不是可以忘掉的人。你以爲很容易？你能忘了他嗎？」

「不。」我帶著點感情低聲說，「我確定我不會。」

「他是無法遺忘的。就是這樣，我們會幫你找個小子。」他說，「如果你想要，或者你想試試沒動手術的人妖，我們會幫你找一個……我願意幫他得到任何想要的。我們分享男童和女人，但最後我們總是回到對方的懷抱。這是眞愛！如果這不是愛，什麼才是？

當我們來到伊斯坦堡他開始說要分開住。我同意了。我們幫他找了個地方，連同家具和整修，像嫁妝。我爲了買最好的給他而欠了一屁股債。然後有一天他換鎖了。他不肯讓我進去。你相信嗎？」

「你開玩笑吧。」我驚呼。

「我無法相信。對我眞是一大打擊。我在外面等他，只想說幾句話……他對我不理不睬！所以我派他姊姊來，但也被他趕出來。」

「歐坎呢？」

「那是後來的事了。歐坎在家裡跟母親住。那小子就是在那裡長大的。沃坎很多年沒見到他。但是不知何故，他找到、把他帶來伊斯坦堡。他說不想讓他被繼父養大。麻煩從此開始。一切都走下坡了。」

這個版本跟先前卡車與孌童納茲米告訴我的都不一樣。

「歐坎似乎……喜歡喝酒……」

「酒！那小子是個毒蟲！半數時間神智不清……大概是在村裡染上癮的。宣稱他繼父在他的牛奶裡放鴉片防止他哭鬧。眞是一堆廢話！呃，我不相信。從來不信。」

濟亞喝茫了。他的手開始摸遍我身上，我不予理會。

「所以你爲什麼對他拔刀？你還沒解釋過這件事？」我催他。

「我說過了。他不肯讓我進他家，我們的家，我買下來整理好給我們一起住的公寓。你不難想像我的感受。如我所說……」

「我不記得你提過刀子。」我說，「大概是我聽漏了。」

他現在無恥地公然撫摸我了。

「你什麼都不會遺漏，是吧？」他斜眼看我，「眼睛又大又亮的，沒有任何事……」

幾秒鐘前他還在哭訴他的畢生摯愛，沃坎，宣稱永遠無法忘記他。現在他又對我流口水了。

我猛推他一下站了起來。

「你這是在幹什麼？」我問道，「唉呀，眞丟臉！」

「我眞想把你的『唉呀』吃下去！」

「我要走了。」我稍微提高音量說。

「你要去哪裡？多留一會兒熟悉一下吧。」

他一手抓住我，空著的另一手摀住我嘴巴阻止出聲。

「親一下就好。」他說。

他的呼吸充滿菸臭和廉價酒味，我推了他一下。

「但是我喜歡你。」他說，「讓我想起我的沃坎！」

我無意，也不會成爲任何人的紀念品。

「別說傻話！」我很想坦承我根本懶得正眼看沃坎，我來這裡只是爲了滿足我對他家庭的好奇心，但是我猶豫了。目前他情緒不穩，我不忍心。我忍住沒說。

「再來一次我就走人。」我警告他，「或者大叫。別說我沒警告你。大家都會知道你的小秘密。」

「親愛的，別這麼生氣。這麼嬌小的身體卻有這麼多憤怒和優雅……」

他絕對是喝醉了。

「你醉了。」

「是你讓我暈頭轉向，區區白蘭地不會讓我喝醉。」

「想想沃坎！」我以最後的努力斥責他。

「但是我想要忘了他！」

「警方懷疑你，你知道的。」我轉移話題，「他們知道你威脅過沃坎，對他拔刀。一定是小巴車行有人告訴他們。」

「你開玩笑吧？是哪個闖禍精走漏消息……我是清白的。我發誓。警察都知道。」

「怎麼可能。」我說，「你有告訴警方發生什麼事嗎？」

「不需要。我大概每星期都向人拔刀，整棟公寓每個人都見過我拔刀。但是那不一樣！我不是嗜血的人。認識我的人都知道。如果他們要找眞正的凶手，怎麼不去找那個叛徒歐坎！他是靠我的沃坎吃飯的寄生蟲。」

又來了，他的版本跟我先前聽過的不同。原來歐坎跟濟亞不和。從他的骯髒公寓和破舊衣服看來，剝削沃坎的人不是濟亞。

「他當過一陣子牛郎。」我說，「他告訴我的。」

「一陣子？」他嗤之以鼻，「他跟你在一起的時候也在做。你一定是被愛遮瞎了眼。你以爲他的錢是哪裡來的？他同樣的衣服從不穿兩次。他用刮鬍水。他花大錢買東西！他買了輛全新的小巴，用來跑我們的路線，只爲了氣我。但他知道他不會永遠這麼順利……知道他不會永遠年輕……無論他的那話兒多大，無論床上功夫多好……不能永遠靠它賺錢。所以他老是說他必須爲了將來存點錢。」

我聽到這些話應該要顯得震驚與痛心。我照做。他抓住機會用熊抱安慰我。

「別擔心，想要的話我隨時可以安慰你。」他說，「我的或許沒有沃坎那麼大，但是我的傢伙也不賴。」

他拉著我的手去摸他的胯下，我讓他這麼做。他有點發抖，但是露出微笑。

「哇！看來你也是個小野貓！」

我想知道的都聽到了。我丟下他，讓他撫摸自己的臉頰。

趁我在這附近，今天早上還有一件事必須辦。

18

我攔下路過的第一輛計程車前往比錫達斯區，到艾多甘街的凱末爾．巴魯蘇、別名聖戰2000他家。這棟公寓大樓跟我印象中一樣破舊也一樣充滿飯菜香。我忍不住懷疑他的錢都花到哪裡去了。他一定賺了不少。但他仍然跟母親與忙於工作多半不在家的父親住在這棟老舊建築。所以隨時受到他們的監視和控制。

開門的是他母親，臉上同樣疲倦的表情。

「歡迎，孩子。」她說，「凱末爾在等你，今天他有點緊張。進來吧……」

爲了表示敬意，我俯身吻她的手。上面有洋蔥味。

「進去啊。放輕鬆點。我幫你們兩個做點沙雷（sahlep，蘭花根莖磨成粉，加熱水、牛奶與糖，再灑上肉桂粉的熱飲）。我也剛做了些麵包。冷了之後你們可以吃一點配著茶。」

如果聖戰2000讓母親盡情餵食，他會像大象一樣肥。他又沒辦法運動。其實，就我所知他從來不離開電腦前的椅子。

「我有個大驚喜給你。」我走進他房間時輕聲說，準備告訴他皮衣女王帕米爾的事。

「我們有麻煩了。」他說。

他在想的事情似乎跟我不同。

「我說的是大麻煩。」他沉重地繼續，「我從昨晚一直在研究，我們駭入的地方是土耳其電信公司。電話紀錄。要是被逮到，我們就完了。如果警方查出來——他們遲早會查到——從國安局到國家安全委員會每個人都會追殺我們。這麻煩捅大了！」

他母親說得對，他很緊張。他看起來好像整夜沒睡。他說的內容真的很驚人又極端嚴重。

「冷靜點。」我本能地說，「從頭說起，慢慢來……」

他一點也不冷靜，看起來瀕臨精神崩潰。嘴巴扭曲，嘴唇顫抖，臉色脹紅，他說：「我說過，我們昨晚駭進了電信公司。我們看過的通聯記錄屬於國營電信公司。你不懂嗎？土耳其電信。這是叛國罪。我不知道是什麼罪，但是絕對不輕，這我敢保證。如果我們被抓，就完了。他們會幹掉我們。我們被人利用了。我向阿拉發誓，要是我逃過這次，我就不幹駭客了。那些人名和號碼都只是電話號碼和記錄而已。當我發現，差點尿褲子。嚇死人了。現在我還是很怕。我們有麻煩了。他們會追殺我們。我們一定會被抓。人贓俱獲。我在牢裡會被困在輪椅上等死。你可以想像他們會怎麼對付我。我受不了。我好怕。阿拉救救我們。」

我不能讓他再這樣下去，他必須清醒。做沙雷要花點時間，他母親不太可能馬上出現在門口。於是我猛甩他一耳光。

「別鬧了，冷靜點！」

耳光似乎有效。他冷靜點了，只有一點點……但他還是同樣歇斯底里地語無倫次。

「你早知道了嗎？」

「我怎麼會知道？」我說，「我們接了案子。阿里只告訴我這樣。有個中間人。酬勞很不錯，所以他沒多問。總之，這種工作哪有人問東問西的？」

「沒錯。我們沒多問，這下我們踩糞坑了。淹到脖子，真慘。他們預付我酬勞，全額付清。

眞笨，當時我一面數錢一面想。神啊，原諒我的逾矩。我懺悔。你想祂聽得見嗎？」

我試過，但是忍不住傻笑。我們身陷危機，我還是忍不住嘲笑可憐的凱末爾那股宗教狂熱。

「你眞的以爲掌握電信公司的記錄，進出主機快取記憶體這麼容易？」我問道，傻笑被當頭冷水打斷，如同凱末爾所說，我們麻煩大了。「他們沒準備各種防火牆和防護罩之類的嗎？」

「都是小孩把戲。」他說，「系統極度脆弱。任何有決心的人都進得去。」

「那他們爲何不自己動手？」

「他們眞正要我們做——要我做的——是在大量資料中讓一小部分資料可以存取。這樣才能處理我打開的東西做你想做的事。」

「我基本上摧毀了他們要我刪除的紀錄……」我說。

「全完了！每次門鈴響我都跳起來，我估計警察隨時可能上門把我帶走。」

「別傻了。」我說，「我們是專家。我們都有預防措施掩蓋我們的足跡。至少我有。我沒留下痕跡。而你也是個專家……我確定你是。」

「或許吧，但是我在家工作。如果他們調出所有節點，還是可以追蹤到我。」

「你幹嘛這麼激動？」我又說，「我們會摧毀你可能留下的痕跡，他們絕對找不到你。」

「我已經這麼做了。」

「那還有什麼問題？」我問，「何必驚慌？你已經搞定了。」

「我不曉得。」他說，「我還是很怕，萬一我有個三長兩短……」

他的句子從來不說完。房門打開，他母親用俗豔的塑膠托盤端著我們的沙雷走進來。她一定聽見了我們對話的尾巴，顯得很擔心。

「兒子，怎麼了？」她問，「你為什麼這麼害怕？」

「媽，你別插嘴！」

「可是……」

「別管了！你不會懂的。」

他母親看著我尋求同情。目睹了母親被兒子斥責我很尷尬，看看天花板，迴避她的目光，同時靦腆地微笑。

「呃，你朋友來了。我相信他能幫忙。你們一定會想出辦法……」

「夠了，媽！出去忙你自己的事吧！」

她灰心地瞄我一眼，離開房間。

「關門別偷聽！」

凱末爾根據經驗這麼說。他豎起手指在嘴唇上示意安靜，往唱機放了一張CD。

「她經常只因為無聊偷聽我。這下她真的對某件事好奇了，一定會像靈犬萊西那樣豎起耳朵。」

我最不想要的就是捲入家務事。

「算了吧。」我建議。

「不行。」他說，「如果她知道了怎麼回事，對她也會有危險。我必須保護她。身為兒子，這是我至少該做的。而且如果她被傳喚作證，她會像夜鶯唱歌滔滔不絕。那我們全都有麻煩了。」

「別誇張了。」我說，「這麼膽小！你究竟還算不算是男人啊？」

連我都對自己的措辭很驚訝。凱末爾愣住片刻，然後回答：

「要是我入獄，這副模樣對我會很有幫助！」

「聽著。」我提高音量說，想起他母親又放低下來，「我們幹得很俐落。這已經確定了。我們不可能被人追查到。反正，他們還能找誰來做？他們又沒有雇用任何專家。」

「你說得對，但是太過自滿也不好。天天都有新的天才出現。有的人還是小孩子。眞不敢相信……我抓過一個企圖滲透我的系統。你想像得到嗎？」

沒錯。有一整個新世代的駭客等著冒出頭。我對自己的能力有信心。對凱末爾也是……但我們總有一天會遇上強敵。你以爲那些小混蛋甘於踢街頭足球和追女生；不然，他們整天坐在電腦前面成爲自學的高手。

凱末爾太慌亂無法思考或討論其他事情。目前，至少今天，恐懼將主宰他的生活，如果這麼侷限也能算是生活的話。我決定不提我安排了帕米爾的事。即使這是天意，也得改天再說。沙雷很好喝。我這杯加了厚厚一層肉桂粉。喝完之後，我丟下凱末爾讓他自己去恐慌。

19

某些情感具有傳染性，恐慌絕對是其中一種。面對緊張的凱末爾時用來自我安慰的邏輯，一旦獨處很快就蒸發殆盡。我也很怕。

我想要跳上計程車回家，結果我走到比錫達斯區的一家海濱咖啡館坐下來想事情。

幸好，天色放晴。今天是清新晴朗的一天；能讓人頭腦清晰減輕煩惱。博斯普魯斯海峽的水面平靜地閃爍著銀色和深邃的藍色。

迄今，我犯法多次。我對普通人認爲「犯罪」的許多事情採取不同觀點。其實，某些事情對我來說根本是世界上最天經地義的事。而且，我至今對自己的行爲毫不後悔。聽起來或許有點魯莽，但我可以老實地說我從未做過讓自己良心不安的事情。其實，有一兩件事或許我不特別引以爲傲，會選擇不同做法。不過，我可以摸著良心說那都只是大局的細節而已。

雖然我知道聖戰2000是半瘋狂的天才與貪得無厭的被虐狂，他還是讓我感染了冰冷的恐懼加上驚慌。最糟的是，他播下的種子分分秒秒都在成長。該是自我反省，用安慰的想法讓自己冷靜的時候了。

我試著想像哈魯克．佩克登，性感男神可能正是我需要的排遣。不久我就會興奮濕潤，而且感到不是來自大腦的愉悅溫暖。照在我桌上的陽光會加強我火熱的幻想。我開始……然後失敗。我的心思掠過哈魯克，當然又跟著想到了該死的電話通聯記錄。

一次又一次，先前的念頭浮現出來：如果警方、情報員、國際刑警組織和其他人抓到我們，究竟該怎麼辦？若不是被悄悄關在某個秘密地點，名字也會對媒體公布。我們會成爲丟臉的代罪羔羊，他們會窮追猛打。我謹愼保密了許多年的私生活會被挖出來。社會上對我可疑個性的狂熱懷疑，會被一群來自多年前印象模糊、半生不熟的人證實，出現在鏡頭前持續餵養他們鮮血（我的）和毒液（他們的）。

還有另一個更凶險的可能：沉默的結局。沒人會聽說任何風聲，不留下絲毫痕跡……某天晚上一輛黑色車窗的車子會從我家把我抓走，從此再也沒人知道我的下落。有多少人會發現我失蹤，膽敢向官方提出查詢或要求全面調查？我想著最後這個問題，心情低落，頭腦脹痛，嘴裡充滿苦味。

我回過神來，甩掉這個可怕的想法。當局絕對沒辦法偷偷摸摸幹這種事。不，他們會相當佩服兩個普通民眾竟能做出這種壯舉。我們會被誇耀爲國家吹噓科學天賦的典範，甚至更誇張……全國一致爲我們鼓掌。我們會占領媒體版面，被迫出現在電視新聞節目。換句話說，我們會有比入獄更慘的下場。然後呢？呃，等風頭過去，我就要去全面整容。

我忍不住想像著要採用哪種美容程序。我考慮要改變哪個五官，哪裡加大，可能需要拉皮與需要墊高的地方：我突出的顴骨可以強調，用嘴角設計出曲線優美的微笑……何不順便做兩個酒窩？我被凱末爾搞得太痛苦，完全沉溺在這些奇思幻想中。拉蔻兒・薇芝就是這樣創造出來的：一連串卅六次手術，從頭到腳完全改變。而且，憑良心說，手術刀和小針美容，確實造就了一位幾十年來滿足了全球男人美夢與幻想的完美女性。

我快瘋了。好吧，我有點害怕，挺慌亂又有點緊張。但是枯坐沉溺在妄想關於整形手術、變成拉寇兒薇芝第二、擁有巨乳、永遠像在送飛吻的豐唇、扭來扭去讓殷勤仰慕者暈頭轉向的屁股、稍微拉高眉毛變成誘人的微怒表情的種種優點——沒用，也太過分了。

路邊咖啡座隔桌有一群男學生盯著我看，顯然在議論我。從他們的藍白襯衫和鬆垮黑領帶看來，應該還是高中生。但是，他們的鬍渣告訴我他們其實不太年輕。他們無疑是學校裡最老的一群，可能留級了好幾次。其中一個挺好看，又高又瘦的小子。他看來比其他人好吃多了。我幾乎情不自禁地按照多年來培養出的習慣回應，向他眨眼。他立刻回應。就像任何眞正的紳士，還有夠內行想要有搞頭的男人，他回應時瞞著他的朋友。畢竟，他顯然知道他是團體中最優的人。

雖有愉快的插曲，我的心思又回到聖戰2000，也想起來因爲他的歇斯底里，我沒問出爲什麼「法魯克．哈諾格魯」這個名字會出現在他幫我下載的通聯記錄。呃，即使我問了，他也不見得能鎭定下來回答。等他冷靜之後，我必須用跟帕米爾約會的機會誘惑他；這樣他一定會合作。

鄰桌的小子還在忙著拋媚眼，無疑開了黃腔讓他們哄堂大笑繼續聊天。他們那桌發出的不只是粗魯的笑聲；還有男人性欲的原始氣息，一股幾乎觸摸得到的肉欲和渴望的香味。認得出來的人總是忍不住被影響。那個年紀的男孩很特別，有點粗糙、貪婪又令人目眩：性欲強得失控。

無論性欲是否旺盛，我有更重要的事做，最主要是打電話給阿里，問他有沒有新消息，打給澎澎，請她安排我會見哈諾格魯家族。我走進咖啡館去借電話。

電話在店後方，廁所外面一個安靜的角落。首先，我撥辦公室的號碼。陰鬱的秘書菲根接的，她的口氣好像快睡著了。

「我需要馬上跟阿里先生講話。」我說。

「是，當然。」她懶洋洋地說，「但是您必須稍候。他忙線中。一定是他在講電話。」

這時候我可不需要菲根表現的效率。

「菲根，我從公共電話打的。我沒辦法等。打斷他，這是急事。」

我語氣中的恐慌感連自己都驚訝。

「呃，如果他生氣不是我的錯。要是他罵我，您最好告訴他是您的主意。」

「當然。」我怒道，「快點幫我接過去！」

「好吧，等我一下去告訴他您在線上。我把您轉到轉接中。」她說，彷彿我需要總機程序的詳細解說。

線路自動切換到阿里的等候音樂，李歐納·柯恩的〈*I Smile When I'm Angry*〉傳入我耳中。我試著保持微笑。

當我臉上掛著豪無意義、緊張又完全虛偽的微笑等待中，抬頭看到那個黝黑的小子走向我。他比我猜想的更高更瘦。雖然他看來有點害羞，走過來時感覺有目的。我確信他一直在心裡排練要說什麼。

我太晚發覺假笑仍在臉上，我被逮到了。

「哈囉。」他說。

他的嘴唇有光澤，形狀也不錯。

男孩開口的同時我老闆也講話了，歌聲突然變成了阿里緊張的聲音。

「什麼事？」

男孩盯著我，豎起耳朵偷聽我說什麼，我差點講不出話。

「我想我們有大問題了。」我說，同時對男孩擠出微笑。老柯恩當然是對的，但我懷疑這孩子是否了解憤怒也能造成微笑。我不想讓他誤解了。

「問題？什麼意思？我們完成了工作，不是嗎？他們還預付了費用……」

即使是「我」做了所有工作並且得承擔後果，阿里的作風就是愛用「我們」和「我們的」。

我聞得到身邊男孩的新鮮汗臭味。他低著頭表示害羞，但是眉毛底下偷瞄我的眼神大膽又驕傲。而且似笑非笑的表情高傲極了。

我一手摀住話筒，「這是機密。」我告訴他，「不會太久。」我又說，好像他在排隊等著打電話。

「喂？我聽不見。怎麼了？我說過，他們已經付錢了。現在別掃興。」

「我不是叫你查出客戶是誰嗎？我要去辦公室。到時再談。對，工作順利完成了。但是問題就在這裡。」

我看得出這男孩沒在聽我說話，只是飢渴地上下打量我。吸引他的不是我說什麼，而是我的身分。他的右手在他炭黑色褲子口袋裡亂摸。當他發現我的目光移動，情不自禁被這個動作吸引，他加快了把玩速度。

我又說了幾句，掛斷電話。阿里還是不懂我在說什麼，但是很快就會懂了。

「抱歉讓你久等了，親愛的。」我說。

不知怎地「親愛的」還是脫口而出。

「不重要，沒問題……」

他笑了。

他就站在我面前。我被圍在角落，想離開時被迫往他跨一步。他沒讓開。

「我們可以聊一下嗎？」

如果我當場拒絕他，就會發生衝突，我會被他們整群人騷擾。

「恐怕現在不行。」我說，「你聽見了我在電話說的。我得去工作。」

「我們喜歡你，覺得你眞的很特別。」

爲什麼用「我們」？他是在提議大鍋炒嗎？

「謝謝，但是恐怕我沒時間……」

「我們都爲你瘋狂，你不能幫我們一下嗎？」

對，他心裡想的就是雜交。

「這太意外了！」我抬頭說，沒什麼說服力也沒露出怒意。

他很放心地又往我上前一步。只隔幾吋，現在我聞到了他的薄荷口香糖味道。他用狂熱又急切的眼神把我剝光，又繼續做難以啟齒的事情。

「不會太久。」

他明顯的欲望很誘人，但是恐嚇令人反感；我困在兩者之間。但他清新的男人味、年輕的厚顏與亂摸的手壓倒了我。他散發出一種在老男人罕見的原始獸欲，他們通常中規中矩而且注重傳統。

「我有個朋友住附近。他家有空，很安全。我們可以馬上過去。」

他比我高。我很欣賞他的站姿，舉止。他的臉很窄，但是肩膀寬闊。我毫不懷疑他肚子沒有肥肉，屁股又圓又結實。即使穿著笨拙的學校制服站在這兒，他的身體線條仍然値得期待。他嚥口水，已經發育的喉結跟著起伏。他的手指又尖又長。我怎能抗拒？

「我對其他人沒興趣。」我說，「只有你。」
他放鬆，相信我很快就會屈服。他更加充滿自信。
「可是這樣對我朋友很失禮。」他說。
我絕不容忍被當作街頭妓女對待。但這小子太可口了，讓我的血脈賁張。命運對我微笑，我不想把今天剩下的時間用來心癢與懊悔。我決定討好他。
「『失禮』是什麼意思？我只喜歡你，也只想跟你在一起。」
「他們都是好人。其中一個的傢伙大到你不敢相信。好像色情片主角一樣。來嘛，不會太久。他們都很哈你。他們只是孩子！別讓他們失望……拜託，盡量配合……」
「別拗了，不可能的！」
「有什麼大不了？如果你不喜歡某個人，就不用做什麼。沒有人會強迫你。只要吹一下，或讓他們磨蹭你。有的人沒有經驗。他們一看到你就著迷了。」
「喔，那我猜你有經驗了？」
他邪惡地微笑。
「你還不了解我。」他說，「我做過很多次了。」
「在哪裡跟誰？」
「在電影院……在公共澡堂……跟啤酒屋認識的一些朋友。我也在網路上認識過幾個人……」
我相信他。他顯然知道自己在幹什麼。其實，他還算是挺老練的。
「哪家戲院和澡堂？」我問，只是確認一下。
他說了。他知道貝優格魯和阿卡薩雷區每一家業者，他顯然在那裡消磨了許多空閒時間，難怪他還在念高中。

他把我的沉默解讀成拒絕，他不打算這麼輕易讓我跑掉。

「如果你怕去陌生的公寓，我們可以去澡堂……」

我什麼都不怕。一有企圖不軌的徵兆，偷我的皮夾、索取金錢或不禮貌……我就痛扁他們一頓。我會讓他們五個鼻青臉腫倒成一堆，然後去做我自己的事。

眞怪，但我根本不記得其他學生了；我猜我太忙著看這個黑小子。作爲公共服務，以懵懂少年的延伸教育之名，幫助他們獲得經驗更加熟悉自己的身體，我並不特別排斥「讓男人發洩」，這是小姐們的說法。根據無私奉獻帶給我的愉悅程度，我很可能會邀請這黑小子改天來找我。

「走吧，介紹我們認識。」我說。

眼見潛在困難的任務可能完成的驕傲感，讓小子臉上露出溫暖的光芒，神采飛揚。天氣變涼了，更加令人精神抖擻。當其他人看到我們走來，他們停止交談調整姿勢努力讓自己顯得高一點。所有眼睛都盯著我。我慢慢走過來見他們，望著他們被欲望撐大的眼睛，走到桌邊，享受著眾人注目，表現得像伊莉莎白女王一樣尊貴。

我們被正式介紹。

我禮貌地婉拒他們提供的可樂、茶、咖啡和吐司。

那間房子其實就在附近。結果我比預料的多停留了一陣子。

20

意外的發展老是迫使我改變原先完美的計畫。當我回頭找阿里，意思是，到他辦公室，天已經黑了。我神清氣爽，從腳趾尖到髮根。對，我有點累，但是甜美的麻痺感官正是我需要的。緊張消失，我對自己、人生、甚至逼近幸福的伊斯坦堡居民的黑夜都有了全新看法。

當我腳步輕快地飛進辦公室，心思喜悅而清澈。無趣的菲根正要下班離開。她不習慣在這時看見我，不知道該說什麼。反正，她要去見她的未婚夫而且很急。她的妝補好了，效果很糟糕。改天我真的得把這可憐的妹子拉到一旁好好指點她。

應我的要求，在她離開之前，菲根幫我和阿里拿了些咖啡，我像急驚風衝進他辦公室。

「你到底跑哪裡去了？你在電話裡講得讓我緊張兮兮，卻又失蹤到晚上！」

「呃，我這不是來了嗎。」我說，「我想我們必須嚴肅地談談，你先坐下等我們的咖啡來吧。然後我們再開始。」

「你讓我更好奇了。希望你不是無緣無故尋我開心，大哥……」

我當然就是他指的「大哥」，他明明比我年長。我決定晚點再修理他，先充耳不聞。

「等一下你就知道。」

「那就快說！」他說，「告訴我！」

因爲急著會情郎，菲根端咖啡通常很快。

「如果沒別的事，我要走了。」

「親愛的，沒事了。」我說，別有用意地強調「親愛的」這個字。

菲根衝出門時，阿里已經喝下第一口咖啡。

「喔，我眞的得跟你說。我不曉得怎麼回事，但是無論你做了什麼，看起來美極了。充滿生命力，打從你走進門，我就看得目不轉睛。」

「那是我的小秘密。」我得意地說，「機密配方。」

「不管是什麼，大哥，告訴我吧。我羨慕得臉都綠了。」

「你不會有膽量嘗試的。」我心照不宣地微笑，「這是實話。」從我認識阿里以來，我們共事很多年了，我從未察覺、聽說或看到他對這檔事有興趣的些微證據。

他跟我夠熟足以理解我的微笑暗示什麼，也沒堅持我透露任何細節。阿里只是回應我曖昧的微笑，話題就結束了。

「好啦，告訴我怎麼回事。你在電話中說的是什麼？」

我告訴了他概況。他小口喝著咖啡，眼神嚴肅，完全沒有插嘴。

「我知道這個差事來自中間人，但我們必須查出眞正的客戶是誰。」我總結，「這很重要。想想他們不只利用我們也利用聖戰2000，不可能太乾淨。而且他們似乎採取了所有防護措施。」

現在輪到我喝咖啡。

「我照你說的開始調查。因爲不想引起懷疑，我只問了幾個不痛不癢的問題。即使問出一兩個名字，還是無法得到任何線索。」

「這個中間人是誰？」

「一個律師。」他說，「我朋友的律師。」

哈魯克．佩克登未必是他所說的這個律師，當然。而且一提起「律師」這個字就讓我想到他也絕對不正常。我變成單戀的受害者，變成我曾經無情嘲笑的所謂「柏拉圖式」戀愛的那種人了嗎？

「所以你並不直接認識他或她？」

「其實我認識，我們有些共同的朋友。我們是這樣認識的。」

他斷斷續續的講話模式，一定表示他有所隱瞞。

「還有呢？」

「你別用那種眼神瞄我，否則我沒什麼好補充的。」他警告。

我也承認我眼神中的嘲弄。我仰起頭彷彿要喝完最後一口咖啡，把臉隱藏在馬克杯後面。

「我們約會過幾次，就這樣。」他說。

「所以是女的……」

「嗯哼……」

「而且當她有工作需要，她還會找你。」我又說，「眞好……」

「我們仍然有社交關係，有共同朋友，沒什麼曖昧。每次我們巧遇，我們偶爾會遇到，還是會互相問候聊天。」

這我一直搞不懂，恐怕永遠也不會懂，尤其上過床之後。如果我的目標是友誼，就不會嘿咻；如果我要的是嘿咻，結果合不來，我並不會努力維持朋友關係。

「你還沒告訴我這人是誰。」我催促，「是最高機密嗎？」

「不，應該說是隱私。」

「呃。」我說，「我們查到的人名之中包括作惡多端的高利貸商人法魯克．哈諾格魯，兩天前剛被指控謀殺。我不知道這一切會怎麼發展。但是沒有人，至少沒有頭腦正常的人，突然決定要檢查電信公司的紀錄。即使爲了不明理由，有人這麼做了，他們也不太可能拿出大筆錢雇用兩個駭客去做。想清楚一點，運用你的常識，如果你還有的話，別再自以爲是地說什麼『隱私』了！」

他看我的表情若有所思，或許他只是在專心喚醒常識。它回來了，回到正常的位置上

「希貝兒．伊爾迪林。」他長嘆一聲，「她在一家大型法律事務所工作。她是個好女人，不像會捲入這種壞事的人。」

「這跟『好』或『壞』無關，完全無關。」

「一定是她的客戶，她沒有這麼多錢。」

「我沒說是她直接策劃，我們得查出她是代表誰行動。」

「我會再去找她。」阿里自言自語說。「或許該帶瓶葡萄酒。在輕鬆的環境，面對面，兩人獨處……用電話講沒用……」

「她是你朋友，你一定知道對付她最有效的方法……」

阿里看來或許沒理我，但他發覺了我的小試探。我們眼神交會，我邪惡地微笑，像個無所不知的大哥或大姊。

「那好吧！」他突然說，「我就爲了團隊犧牲，再忍耐一次！」

「喔，我懂了！眞的犧牲，是吧？只爲了一點利潤！」

「她不怎麼好看，但她很敏銳。出身好，有文化……」

「聽起來好像完美的生意夥伴，他們就是這樣引你上鉤的？」

「我猜，可以這麼說吧。」

他努力克服了眞正的紳士談起自己情史時的尷尬。我們進入了新領域，史上第一次提到敏感話題，他似乎鬆了口氣。

「試著製造機會謝謝她。別拖延。我想你應該馬上去找她。」

「你是說現在？」

「對，當然了。」我說，「我也想去，除非你認爲我會節外生枝。」

我們說好在從前的喜來登飯店頂樓酒吧會合，自從它轉手變成賽蘭飯店，我很多年沒去也沒想到過這地方。一想起那兒美麗的景觀，很懊悔爲什麼沒有早點去看看。

距離約會剩不到一小時。晚上的交通總是很恐怖，我們必須立刻動身。我沒辦法回家洗澡換衣服，所以我打給澎澎，確保她不會因爲找不到我而恐慌症發作。她一定忙著天曉得什麼事情，因爲她沒接電話。我用和緩的語氣留言，告知我會晚點回家，不需擔心。

阿里和我坐進兩人座的跑車：暗紅色奧斯頓馬丁DB5，就是他小時候在〇〇七電影裡看到並且愛上的車款。大約阿里迷戀跑車的同時，我迷上了史恩康納萊，或許也嫉妒地仰慕龐德女郎。我記得那輛裝滿機關的車，但是想不起曾坐過像這輛奧斯頓馬丁的車子。我猜這就是男人和女人的不同。阿里多年來一直訂購備用零件改裝他的車，但還是不合他意。我們窩在座椅，隨時可能倒在彼此的腿上，穿過擁擠車流前往塔克辛廣場。照例，阿里抹了卡文克萊One香水。

「原諒我這麼說。」他皺著臉孔說，「但是你聞起來怪怪的。」

我不是很喜歡這個意外的評論。

「臭嗎？」我問，本能地打開車窗。

「不是臭，只是……不一樣，」他說，「刺鼻的酸味，不像你平常的氣味。很熟悉，但是古怪。總之，這種天氣你不用打開車窗；想要的話，我包包裡有刮鬍水。」

當我發現氣味的來源，想起我玩得多麼開心，我體內再次充滿甜美的暖流。這神秘的氣味當然對所有男人都很熟悉。我交纏著驕傲與羞恥的矛盾情緒，剩餘的路程不再開口。阿里跟著CD音樂吹口哨，他只有緊張時才吹口哨。

當我們抵達塔克辛廣場，會面時間已經到了。

我們走出通往屋頂酒吧的電梯，坐在落地窗前的兩張椅子。時間夠晚可以讓我點杯Virgin Mary；阿里要了一瓶高級威士忌，指定不要J&B。就像任何自稱了解威士忌的人，他只討厭這個特定品牌。全景視野跟我印象中一樣令人屏息：一側，瑪斯卡區的綠色谷地和博斯普魯斯大橋上閃爍著流動的紅白車燈而充滿活力；另一側，橫越塔克辛廣場與金角灣大片屋頂的遠方，是舊城區的圓頂和尖塔。我們似乎漂浮在市區核心塔克辛的上空，隨著規律的車流與人潮脈動。

飲料還沒送來，接近的腳步聲已經傳入我耳中。更精確地說，我背後走來一個不太會穿高跟鞋走路的女人，她發出的巨大噪音就是證據。不太注重優雅或高貴的女人，她已經先被記一個缺點。

面向門口的阿里站起，迎接來客。我的女性面並不在意我正穿著男裝，仍然留在座位上像個優雅的女士。我被接近的對手激怒了嗎？我端莊地稍微往側面轉頭。

走向我們桌子的女人戴著她自認時髦的粉紅色墨鏡——但我還是認得出她。對，就是親愛的哈魯克公司裡那個律師，我在等待時探頭進來看我的好奇小姐。我嘴上的假笑僵住，我不知道該怎麼辦。

我腦海中閃過上千個畫面。錯綜複雜各種陰謀論的連鎖反應，一個比一個凶險！我很多年沒下棋了，但是我前瞻策略規劃的技巧還在。

她從未見過我穿「庶民」服裝。她見過的那個人是女的，極力盛裝打扮。如今坐在她面前的是個穿V領毛衣黑牛仔褲、沒刮鬍子的男人，只有老練觀察者的敏銳眼力看得出我偶爾揮舞的手是個破綻。機率不高，但仍有可能被她認出來。如果她識破了怎麼辦？沒有理由驚慌。她才是有問題的人，而且比我嚴重多了。重點是，她或許還沒發現。

她就座後我們互相介紹認識。當她假裝跟阿里若無其事地聊天，她斜眼注意著我的一舉一動，想要辨認我。當然，這很不容易：即使她認爲她認得我，也不能公開問我是不是「她」。我決心不讓她輕易得逞。每隔一陣子，我就用溫和的反擊或嘲弄加入他們對話，然後同情地盯著她，直視她的眼睛戲弄她。不知何故，我發現不可能跟我們希貝兒混熟。我也毫不打算這麼做。她每天跟神聖的哈魯克近距離相處還不夠嗎？

21

打著冷顫回家途中，我拼湊出我們面臨的清晰全局。希貝兒律師口風很緊，小心不透露任何事。然而，她整個人就勝過千言萬語。我再也無法忍受這齣爛戲，單刀直入講重點。

「你希望隱匿客戶身分很正常，我能理解。」我說，「但是想想法魯克．哈諾格魯的名字，甚至……」——我在這裡即興瞎掰——「……哈魯克．佩克登的名字都在我們存取與摧毀的電話紀錄裡，我想你最好更加……合作一點。」

我公開威脅。她專業律師的面具不爲所動，她愚蠢地嘗試跟我比賽互瞪。幾秒鐘後，她移開目光說，「我不能說完全理解你的意思。但是，我會好好考慮你說的話。」

這對我就夠了。線索串連起來了。法魯克．哈諾格魯想要摧毀能牽連他與謀殺案有關的任何通聯紀錄，他利用妹夫來做。但沒人能確定不正當操作電話紀錄的程度。

當晚我走過塔克辛廣場的阿塔圖克文化中心，腦中浮現的問題是「爲什麼？」。花那麼多錢和工夫只爲了保護，或者更正確地說，隱瞞。爲什麼？他們想要隱瞞什麼？看似平凡的命案背後有什麼因素讓完全不同的兩群人湊到一塊？

我溫暖的家裡沒人，澎澎不見蹤影。我討厭她在我最需要她時失蹤。當然她無法預知，但即使如此……人惱怒不需要好理由。只需要意志。

我想起身上的氣味，衝進浴室。站在刺膚熱水下，自問爲什麼我總是捲入跟我無關的事情裡。其實，這次眞是禍從天降。不過，我不需要像個業餘偵探一頭栽進去。如果我置之不理夠久，案子很可能已經破了。我爲什麼要挖掘？我想向自己和別人證明什麼？明知道最後一題的答案不會太愉快，我拋開它。走出浴室。感覺飢腸轆轆。看見澎澎在冰箱塡滿東西，我感覺好多了。我自己動手，裝了一大盤拼湊自助餐。《奧爾辛娜》還留在CD播放機，我按下「play」鍵。韓德爾動人的弦樂聲充滿室內。自我反省完全無礙我的胃口，我把盤子上的東西吃得精光。

現在已經無法逃避，該是去拜訪法魯克．哈諾格魯了。我不能未經預約跑去。像他這種人總是會過濾意外的訪客，即使不是全天有隨身保鑣，也一定會住在戒備森嚴的高牆豪宅。我必須找個突破傳統的方法去見他。

我打給澎澎，她迷迷糊糊地接聽。

「哈囉。我一定是在電視前睡著了。」

「我被拋棄了嗎？」我半開玩笑半抱怨說。

「這是什麼話！我就當作沒聽見！」

「開玩笑的。」我笑道，然後直接講重點：「安排我見法魯克先生。如果可能的話，今晚就要。」

電話另一端只有沉默。

「喂？澎澎？你還在嗎？」

「在，唉唷。我在想事情。」

澎澎從不沉默想事情，她一定是還在努力擺脫睡意。不久她就恢復正常心智反問。

「爲什麼？」

「我懷疑他害我捲入不法勾當，我們必須當面談。」

「你是說那個大屌小子的事情？」

「可能有關，我不確定。我做了不太心安理得的事情。我必須搞清楚眞相，然後我才能放輕鬆。」

「嗯……」

我不知該如何解讀澎澎的回應。沉默。我等著。

「我打給他之後再回覆你。」

「不管你怎麼說，別提那件案子！我不想引他起疑。」

「唉唷，這個我也懂！再見！」

等澎澎的空檔我決定打給聖戰2000。這時他應該已經冷靜，仔細看過他下載的紀錄，從而發現什麼有用的東西了。他沒接手機。我猜想他在忙，沒有堅持。我也不想讓那個眼神悲苦的媽媽接兒子的電話，逼我跟她講話。相反地，我嘗試在網路上連絡他，但是在平常的聊天室都不見他的蹤影。我搜尋豐富的A圖收藏找出兩張確信會合他胃口的照片，附在訊息上發出去。他一上線就會跳出視窗。

我有千萬件事情要辦，但是一點動力也沒有。不，我要品嘗等待的緊張，無法做任何事的彆扭。掛在對面牆上的照片有點歪了，那是我跟RuPaul在倫敦同志大遊行的合照。我眼睛閉著，但服裝非常漂亮。連RuPaul都誇獎。我剛回到座位，電話響了。一定是澎澎，我衝向話筒。

線路另一頭，照例拖長「哈囉」的每個音節，是哈山。「我打來看你好不好。你沒事吧？」

「很好。」我說，「謝謝，現在好多了。」

「很高興聽到。那麼，你今晚會過來嗎？」

我還沒決定是否到店裡，要看澎澎的答案而定。其實，即使我們見面，法魯克．哈諾格魯也不太可能撥出一整晚給我。

「好，我會去。」

「那就見面再說。」他說，掛斷電話。

大嘴巴哈山破紀錄這麼快掛斷，一定有事。我立刻回電給他。

「喂？」他問道，「你忘了交代什麼事嗎？」

「沒有，但是你一向有話要說。出了什麼問題嗎？別想瞞我。你知道我剛恢復正常。無法承受另一次驚嚇。」

我勉強輕笑一聲，但是我很認眞。

哈山不說話。今晚每個人都怪怪的，沒人可以給我快速明確的回應。

「沒什麼……」他終於說。接著，他又改口，「呃，其實有啦，但是等你到了再說。要花點時間。」

我想告訴他我有很多時間，甚至叫他滾過來，但是我在等澎澎的重要電話。我只說「好吧」。我可以考慮我沒告訴哈山的這些事，甚至可以因爲瞞著他而有點良心不安。但我也沒有這麼做。

22

法魯克·哈諾格魯住在葉尼柯伊區，就在博斯普魯斯海峽邊。在大門口有個似乎快要變成化石的老人，顯然在等我。我一說出名字，他就揮手示意我進入一座精心維護的巨大花園，從馬路一直延伸到海邊。雖然是晚上，我相信地面一片枯葉也沒有，每根長歪的樹枝都被剪掉。這是隱藏在高牆後的秘密樂園。房子位於一條兩旁種植老樹、燈光明亮的細長小徑盡頭，一小片樹林內。爬幾級台階就來到主建築的玻璃門，裡面有個比較年輕、衣著體面的人影等著迎接我。他四十幾歲，沒穿傳統的管家服裝，連西裝都不是，他的米色襯衫上面套了件棕色V領毛衣。

「歡迎。」他說，「法魯克先生馬上過來。請進。」

我被帶進幾乎蓋在海面上的一樓房間。

「您在等待期間要不要喝點什麼？」

我很久沒聽過如此親切的招待。他的語氣高雅，禮節中規中矩，正確平衡了尊重的距離和親切的溫暖。無論是什麼職務，他表現得很稱職。

他帶我進入至少有我家一半大的房間，但顯然沒有裝潢成客廳，連休息室都不像。只是充當我這種客人的等待室。兩張古董沙發相對擺設，旁邊是兩張木頭扶手、老舊花毯座墊的細長椅子。牆上搭配的厚重鍍金框裡，是一連串鏡子跟一幅氣氛不祥的西瓜與葡萄靜物畫。

至於窗外的景觀，只有像「美妙」、「神奇」和「奇特」這類形容詞可堪比擬。夜色昏暗讓景色增添神秘且脫俗；海峽的濁水中閃爍著對岸與經過船隻的燈火。我感覺如果從窗戶跳出去，會變成外面童話世界的一部分。

我用精緻古董玻璃杯喝水，一面努力思索該對法魯克．哈諾格魯說什麼。我正開始迷失在海景中，門打開，屋主穿著老牌影星Muzaffer Tema的衣服走進來：絲質浴袍與深紅腰帶。我不曉得現在還有人穿成這樣，宛如活生生的電影場景。他臉上掛著他妹妹會喜歡的那種笑容，做作的高傲尊貴。

「你好。」他跟我握手說，「歡迎。希望你沒有等太久。澎澎的電話太突然了。但是她說有急事，我實在無法拒絕。你知道的，我們都很喜歡澎澎。」

我謝謝他。

「請見諒。」他說，「但是我沒太多時間。你也知道，我們晚上通常不工作。」

這傢伙從一開始就想讓我有罪惡感。他仍然站著，笑容隱藏不住他嘴角的緊張。他是被迫才允許我覲見，我也應該了解這一點。

「真怪，我們在晚上特別來勁。」我輕快地說，「你知道的，夜店這一行。」

「呃。」他說，「恕我直言。通常這種情況我不提供特殊待遇。但是澎澎打來，而且很堅持。她告訴我你需要相當大的一筆錢，而且今晚就需要……好像遇上難纏的債主或某種例行付款之類的。當然，我們不感興趣。」

「是……」我只能勉強回答。

「我想你能了解大量現金不會放在家裡。其實，我們根本不用現金交易。我們的生意是用錢賺錢，所有一切都投入工作。但是你很幸運，我們今晚剛領了一點錢。」

「我可眞走運啊。」我笑道。

即使他察覺一絲諷刺，也沒反應。

「你需要多少？」

我沒回答，他又說，「我說過，我們手邊的現金一向不多。」

如果這樣下去不會有進展。他急著用不會太高的利率把貸款塞給我，然後打發我走。而且越快越好。想到拿他的錢不還就帶給我一股邪惡的快感。畢竟，在他眼中我只是五流人妖夜店的老闆，肯定因爲跟黑社會有關的理由陷入困境的下等人，碰巧是澎澎朋友的高風險借款者。但我不是來這裡敲詐他的。

該是我攤牌的時候了。

「呃。」我說，「借錢只是讓我能進門的策略，我想跟你談的是別的事情。」

我說話時，他變得比較溫和，肩膀和臉色都放鬆下來。他甚至屈尊坐到我對面，越聽越專心。

講完後，我補充，「別忘了。我是站在你這邊的。我知道你沒殺沃坎。有你幫忙，我可以查出眞凶，還有動機。但是我不喜歡惡搞電話紀錄那件事。你以爲這是在幹什麼？」

他茫然望著我。

「你能證明什麼？」他終於說，「你一點證據也沒有。」

「我需要的都有了。」

他緊張地笑了。

「你的意思是完全沒有！」

他的聲調變高了。

「我有足夠證據給我自己和警方——如果需要的話。」

我又即興亂掰了。但是我真心相信憑著聖戰2000的協助，我們可以挖出一點東西。

他謹慎地觀察我的臉然後看著我的眼睛，他的左眼似乎有點脫窗。如果他不小心，會變成鬥雞眼。我暗想，可能是血糖的問題。

「請見諒。」他說，「我沒什麼可以說的。警方需要知道的我都說了，他們會盡他們的職責。這事跟你沒有關係。」

「或許吧。但是警方不知道電話紀錄的事。」

「那是你的問題，跟我無關。我根本不知情，你這是沒有根據的指控和無中生有。」

「但是我可以證明……」

「才怪。這樣下去談不出結果。」

他站起來，走到門口。

「恕我失陪，我還有事要忙。」

我被趕出門了。我緩緩起身，最後偷瞄一眼美麗的景色，希望永遠記住這個影像。

「隨便你。」我說，「我除了自保別無選擇，如果我有了麻煩，別怪我把其他人扯進來——包括警方。」

我離開時冰冷的目光盯著背後。眞希望我有長髮，或至少及肩假髮。我會驕傲地抬起下巴，瞇起眼睛……演出堅決的甩頭。甩一下。像這樣。哼！

同樣兩名沉默的僕人送我離開來到大門。

法魯克·哈諾格魯這樣對待我一定是因爲他有事隱瞞，也可能是因爲他令人難忍的傲慢。但無論什麼理由，我被無禮地趕出門！這是正式宣戰。如果他想要這樣，那就奉陪吧！

一輛暗紅色BMW在我面前停下，擋住我過馬路。我以爲車子可能是爲了我減速，俯身看看車裡。駕駛座上坐的正是哈魯克·佩克登，光鮮亮麗地駛過悄悄打開的大門，讓他進入我剛離開的庭園。

他根本沒注意到我。哈魯克·佩克登！我吔！視而不見！我氣壞了！受傷！我好難過……我需要被愛被追求，尤其被像他這樣的男人。我跑到對面的人行道。

在博斯普魯斯海峽的寒風中等著計程車，我低聲呼出一團白氣說：「開戰了。」

23

今晚我遭受的羞辱、貶抑和委屈夠多了，現在充滿復仇的強烈欲望。我是說，眞的，他們自以爲是誰呀？我腹中燃燒著怒火，抹上最精美的化妝。

「眞美。美極了……太神奇了！」我對鏡中的自己說，刻意抹上一點唾液避邪。

我卯起來了。除非怒氣消散，今晚我在店裡會特別賣力，發洩在男員工身上，整得他們雞飛狗跳。我回想他們生氣時對待我的方式，還有隱藏嫌惡感的明顯企圖。

如果DJ奧斯曼放荒謬的音樂，宣稱是最新流行曲，我就拉屎到他嘴裡。他得意忘形很久了。我一轉過身他就放瑟塔·艾蕾娜的歌，讓我神經緊張得像過度緊繃的琴弦。如果我干涉，他會從嘴角露出歉疚的微笑。我告訴過他多少次這個聲音和這個人都不准出現在我店裡。今晚他要是再犯，我會叫他在震驚困惑之餘把那個尖叫女妖的CD碎片吃下去。

至於肯尼，奴顏婢膝的門房……禮節、講話或行爲稍有失誤我就當場糾正他。無論如何，這孩子太單純太純潔聽不懂暗示，他誠懇的回應只會讓我更加火大。就這樣吧。我一走進大門會有很多目標可以選擇。

要矯正無可救藥的戀童者蘇克魯很困難，他會忍受我說的任何話。畢竟，這家店就是他認爲的天堂，他不會容許這裡被我，他名義上的老闆，所說的話破壞。他只會把頭歪到一邊，望著遠方，把一切交給眞主。

然後是哈山！我眞的要好好念他，像無窮無盡的禱告文。我忽然想起哈山有事想跟我說。雖然我們算不上親近，他總是會幫忙，不多問。不過這很怪。他從不期待回報，幾乎像是他想要保持距離。

我發現我從未特別費心多加了解他，或是幫他什麼，只有批評和譴責。他一定偶爾也需要聽聽好話受到尊重。我想到他的家庭，他絕口不提，但我知道住在伊斯坦堡某處……他肯定有喜歡的男人、女人或少年，但從來不提……迄今，他一次也沒有對我或我的熟人抱怨或訴苦他的人生……誰知道他私下受了什麼苦，與自己和解、找到自己的定位所面對的困難？

我推敲著哈山的謎團，氣消了，洶湧的惡意變成幾近母性的內心平靜。這是個不幸的發展：我醞釀對哈魯克的恨意也消失了。那迷人的眼睛和神奇的臉蛋出現在我的心眼中，我原諒一切。他重新被提升到神聖的地位。我想像自己在他的懷抱，立刻全身酥軟。我不禁撫摸自己的手臂，抱著自己的身體。我大聲詛咒。我就這樣墜入愛河了嗎？往後會怎樣？假設說我的狂野幻想成眞，只要一次。他會準備好跟富有、高傲又時尚的老婆離婚嗎？或者我會變成他的情婦？眞是不幸又不平等的愛。麻煩又累人的冒險，一開始就註定沒有好結果！我現在不需要這個！

憤慨再次凝聚，漂浮在自憐的沸騰池子。早安，憂鬱……早安，哀傷！你好，歡迎回來，憂鬱症！

「嘿！」我大聲自責。我無意回到那段黑暗的日子，變成看心理醫師、毫無生活樂趣的可憐動物。艾金．柯雷（搖滾歌手）的〈*Sevince*〉向來能提振我的精神，我把歌曲設定爲重複播放。我跟著唱，完成準備。照例每當決心要開朗起來，我會化濃妝：窈窕的奧黛莉赫本掩埋在俗豔的早期瑪丹娜服裝裡。如果我有開心果綠色的假狐皮可拆式衣領就更好了。當然，我有。我不禁嘲笑全身鏡中的自己，我今晚一定會給大家深刻的印象！

我抵達時肯尼沒有站在門口慣例的崗位。他不在肯定是因爲天氣太冷，或店裡生意異常清淡。我按下小門鈴等著。往門外窺探之後，肯尼迅速開門。我遞出厚得像毯子的披風。他上下打量我，顯然不知該說什麼，目光停留在我臉上。我瞪他一眼然後進去。

店裡幾乎沒人。只有兩三個顧客與一大群小姐。她們很無聊，聚集到舞池。西瑟一看到我連忙把她自由甩動的乳房收回衣服裡，她很清楚我不允許這種裸露。零容忍。

蘇克魯遞給我 Virgin Mary 同時眨個眼。我問他好不好，他微笑回應。處理完哈山，我會回來找他，同情地聆聽他的麻煩。唉！我已經被改造成道德正直、善體人意的老闆娘了。

哈山以小碎步來到我身邊，他鼻青臉腫。

「你怎麼了？」我問道，「這是怎麼搞的？」

「我們上樓，我再告訴你。」

我把酒留在吧台，哈山跟我爬樓梯到破舊的儲藏室兼辦公室。我們一進來他就關上門。

我抬起一側眉毛表示詢問之意。

「我被打了。」他說，「這不是意外。」

「喔？爲什麼？誰幹的？」

「在我的社區，我在自家地盤被人打了。你知道我家街角那間雜貨店……他有個兒子。圖蘭……剛服完兵役。挺好看的小子。」

我正想幫他說話，他阻止我開口。

「他或許不是你的菜，但他令人垂涎。像湯姆克魯斯一樣……」

「你勾引他了？」我問。

我眞正不爽的是長久以來他穿著鬆垮牛仔褲跑來跑去，露股溝給大家看，跟遇到的每個人搭訕調情，堅定地拒絕男女老幼的各種仰慕者，卻決定去勾引雜貨店的兒子。爲了啟發他，又不確定他的品味，我甚至已經安排過他跟我們的小姐或同志客戶約會。全部被拒絕。

「不是那麼回事。」他說，「我喜歡他，如此而已。我在他値班時去買東西，要求送貨到家。你了解我的，我很友善，對誰都很親切……我會開玩笑……我喜歡他。我們偶爾會聊天。就這樣。」

「那你怎麼會挨揍？」

「不！」他說，「他在社區有些朋友。眞的是人渣。他們在店門口打混，跟路過的人搭訕說笑。」

「他們打了你？」

「對。有天晚上回家途中我剛繞過轉角，他們在垃圾桶邊把我圍住。然後辱罵我。」

「可是爲什麼？就因爲你跟雜貨店的兒子調情嗎？」

「有點複雜。」他說，「後來我才知道他們動手的理由。圖蘭似乎喜歡住我樓下的女孩，姍格。他追求她一陣子了。我有時會跟姍格開玩笑。我們互相借書，其他東西用光時也會互借。偶爾在週日，我們去看電影。我們是朋友。好歹我們住在同一棟大樓嘛……總之，圖蘭似乎吃醋了。他很喜歡那個女孩，認爲她屬於他。有時我會拿姍格開他玩笑。他以爲我因爲他嫉妒而取笑他，所以認定我不只在追那女孩，而且用來羞辱他。於是他就派朋友來找我……」

「你是怎麼知道的？」

「姍格看到他們打我，她跑去求救。是她告訴我圖蘭的事。原來，他一直寄情書給她……」

「所以她一出現他們就放過你？」

「不，不是這樣。他們不理她繼續對我狂踢猛打。意思是，直到姍格拉開嗓門大叫，確保大家聽見她的聲音知道我們在打架，還大喊我是同性戀，我們之間沒什麼曖昧也永遠不會有……她喊完以後，現場鴉雀無聲。他們都愣住，對我目瞪口呆。然後其中一個大罵『死娘砲』，他們又開始打我。」

我聽夠了，感覺一陣反胃。我想要先衝過去把雜貨店夷爲平地，再剷平整個社區。

「你怎麼脫身的？」

「他們打累了就走了。我暈倒……姍格把我拖回家幫我包紮傷口……」

「我很遺憾。」我說，「看開一點。你跟小姐們說過了嗎？」

「當然沒有。她們會跑去攻打我的社區……租到那間公寓可不容易！」

「好吧。」我平淡地說。

我還沒決定該怎麼做。

「你希望我做什麼？」我問。

「你在警方有朋友，安排修理他們一下。甚至在牢裡關一晚……」

「沒必要扯上警方。」我說，「我可以自己對付那一群人。他們有多少人？」

「頂多四五個。」

「有必要的話我會帶悍婦帕米爾或其他幾個小姐過去……」

「那樣沒用。」他說，「這件事會演變成血腥械鬥。我在社區怎麼立足？你知道的，我不是同志。那只會給他們多一個理由罵我『娘砲』。」

「那你能怎麼辦，告他們誹謗？」

「警方不但會公事公辦。」他堅持，「還會發現我在高層有朋友……」

「要是你被人妖救了，想想對你的名譽有何影響，對吧？」

他已經腫脹扭曲的臉因爲驚訝更加變形。

「你這是什麼話？我從來不以你和小姐們爲恥。從來沒有……」

對，在有牆無窗的店內、在家或在我們特別指定的空間裡沒問題，沒理由尷尬；不過我知道，內心深處，我生氣是有道理的。更糟的是，他也是。

24

隔天我在一般人稱爲「下午」的時間醒來，感覺像被利刃戳入額頭，就在我右眉下方。我拉開厚窗簾，明亮的冬季陽光流洩室內。清新美好的一天，帶來喜悅與活力！我滿足地嘆息。可惜頭痛。這種事就是不該發生在這樣的日子。

走向浴室途中我無視閃爍的答錄機燈光，無論誰這麼早打來都活該等待。首先我要慢慢洗個澡再享用澎澎留下的豐盛早餐。接著有必要的話，呑兩顆止痛藥。晴朗的藍天催促著我找個戶外地點暖暖我的骨頭，悠閒發懶度過這一天。

我穿上浴袍，開始弄早餐。我喜歡踮腳尖走過地面，同時也能盡量減少接觸冰冷的磁磚。烤麵包的空檔，我打開絕對公正，其實充滿黨派立場的廿四小時新聞頻道。人必須要跟得上時事才行！

盯著麵包才能烤得恰到好處，所以我調高音量回到廚房。聽著財經市場的最新消息：國際股市收盤，美元、歐元和日圓匯率，油價與金價波動。這些資訊對我的強烈頭痛毫無幫助，但我還是聽著。我不是會向疼痛屈服的人。

兩片麵包開始變成金褐色，我把它翻面：我喜歡雙面都烤。我國重要人士積極關注的市場報導結束，開始播一般新聞。

我不敢相信我的耳朵。女主播念稿時無法壓抑她語氣中的驚恐：「頂尖財務顧問法魯克・哈諾格魯在不幸的意外中喪生。」

我衝出去客廳。新聞報導伴隨著法魯克的檔案影片，簡短地指出外國直接投資的後果。主播穿著不搭她膚色的套裝顯得更加令人不悅，在螢幕右下角的小視窗繼續滔滔不絕：法魯克先生得年五十三歲，在外國受教育，擔任財務顧問多年。他最近因涉嫌謀殺被捕，但是後來擺脫了所有指控。

沒有提到「不幸意外」的進一步詳情。

麵包燒焦的味道讓我奔回廚房。又來了。我才離開一下子，最後兩片麵包就成了焦炭。我造訪後不久，其間還遭到無禮地對待，法魯克．哈諾格魯就死了。怎麼死的？一樁「不幸的意外」。究竟什麼意思！

我右眼上方的刺痛突然蔓延到整個額頭。我自己也嚇到了，當然我無法對已故的法魯克下詛咒……或許我可以？不，我太傻了。

我不知道頭痛該怪罪法魯克之死的消息、肚子餓或是在悶熱又煙霧瀰漫的店裡待了一整晚。我肯定需要止痛藥。先喝半杯冷牛奶護胃後，我吃了兩顆。我最好坐著，直到感覺好一點。

我把澎澎做的一塊走味蛋糕撕成碎片，再把碎片撕成碎屑，坐在廚房裡心不在焉地嚼食。磁磚好冰，我膽怯了，事態變得更加複雜。我絕望地捲入了看似隨機的一連串事件，但是找不到規律或理由。

首先我需要關於「不幸意外」的更多細節。我差點打給賽錫克，但是打消念頭。每當有疑問就騷擾他，尤其跟他在警方的工作無關時，似乎不公平。我忍住。然後我想起奧凱。最近，他在那家無聊的廿四小時新聞台工作。很久很久以前，我們曾在整個週末享受親密關係。後來他的事業起飛了。

我打他的辦公室號碼，幾乎立刻接通。原來，他還沒有重要到必須經過層層過濾。

我向他表明身分。

「美女，最近怎麼樣？你跑去哪裡了？」他開口。這是我討厭的口吻，我幾乎想立刻掛斷。

「喔，我到處亂跑。一切都好。」我簡短回應，「最近在忙什麼，你好嗎？」

「我也到處亂跑，美人兒……所以你沒事囉？」

他一點也沒變，連那個週末都嫌太長。

「我有事要問你。」我說，「你們剛才對法魯克·哈諾格魯的報導我沒聽見死因。是這樣的，我認識他……」

「請節哀。」他說，暫時帶著尊重的口氣。「等一下，寶貝。我幫你問問看。」我被轉到保留，被迫聽頻道上正在播出的東西。這種體驗就像冷戰電影中的洗腦場面。

「希望你沒等太久。沒有進一步細節，警方只說是『意外死亡』。就這樣。我猜沒人深入調查……」

「我知道了……」我說。

「請別介意我這麼說，但那傢伙是個人渣。我不想說死者的壞話，不過人怎麼活就會怎麼死。因果報應之類的。既然你認識他，我還是要向你致哀。恐怕我得掛斷了。我們真的很忙。」

「OK，還是謝謝你。掰掰。」

粗魯的奧凱還是一樣遲鈍。他不只無法提供我任何有價值的資訊，還激怒我讓我頭痛更嚴重。再來一次，我的通訊錄就要刪除他。他活該！

再一次，賽錫克成了我最後也最大的希望。我打給他說明來意。他耐心地聽我說完，承諾盡力。我得買個好禮物登門道謝才行。

25

等待導致我全面停擺。被迫等待時，我傾向什麼也不做；即使我行動了也老是沒結果，但我必須設法找事做直到賽錫克回覆。

我打給澎澎。沒人接。她不是還在睡就是不接電話。我連續錄了兩則留言。或許我答錄機的閃燈表示她也留了話。我放出來聽。

打給我的，依照順序，是阿里、帕米爾、胡笙、帕米爾和凱末爾．巴魯蘇（別名聖戰2000），夾雜那些不留話就掛斷的惱人雜訊。帕米爾說她在家兩天等我回覆。第一則留言，她問我是否還好。第二則留言，她說她厭倦了窩在家裡，要求我立即指示她我要她做什麼。顧及聖戰2000不難理解的恐慌症發作，我想還是改天再安排他跟帕米爾好了。自然，我忘了通知她。

聖戰2000的留言簡單扼要：「打給我。」自信聲音中的權威語氣顯示他已經克服偏執妄想了。

電話鈴響。是賽錫克。

語氣擔憂，省略客套，他直說重點。「你這次麻煩大了。」

「什麼意思？」

「昨晚你去過放高利貸的法魯克家裡……」

所以，咱們警方其實很認眞辦這件案子。

「那又怎樣？」我說。然後咳了幾下，清清喉嚨以交代我有點乾澀的聲調。一定是那塊蛋糕的緣故，沒什麼好激動的。

「我會建議你收斂一陣子。意思是，你最好別追這個案子……我的良心忠告。」

「就算我去過法魯克．哈諾格魯家又如何？」我反駁，這次聲音沙啞。「他每天有幾十個訪客。」

「聽著。」賽錫克說，「他死亡的情況有點複雜，我只能問到這樣。現在最好別去挖。暫時置身事外，等事情冷卻下來。」

「呃，這下你讓我更好奇了。至少告訴我他怎麼死的。」

「你也知道警察是怎麼回事。我們無所不談，尤其像這種例行案子。但是這次不一樣，他們口風都很緊。其中有鬼，目前我還無法問出來。」

「你怎麼知道我去找過法魯克？誰告訴你的？」

「別再纏我了！他們看了庭園的監視器影片。我一走進會議室你就出現在螢幕上。就這樣！」

「你這是暗示只因爲監視器拍到我，我就成了嫌犯嗎？即使我們都還不知道那傢伙怎麼死的？」

「聽著，朋友。」他說，「我走進房間他們就關掉影片。或者，監視器拍到那裡就被關掉了。我只知道如果這是例行小案，不會派兩個高階督察和三個警員偵辦。我是說，死者又不是什麼部長之類的！他們發現了什麼。很不尋常！這樣你懂了吧？」

「我在努力，但是沒辦法，恐怕……」我說。

「你是專業經理人，所以管好你自己。要是有進展我會通知你。好嗎？」

我不甘不願地說「好吧」，然後掛斷。

三流牛郎的命案演變成重大殺人案，我被捲入越來越深。頭號嫌犯法魯克．哈諾格魯在「意外」中喪生，警方隱匿死因。身爲法魯克不巧死亡前造訪過他的人，我發現自己成了嫌犯。我不知道我爲什麼被懷疑，但賽錫克顯然在暗示我有麻煩了。

我推敲著各種行爲途徑，發現自己陷入電視猜謎節目最愛用的通俗模式。我眞的得擺脫對多重選項形式的執迷。我以爲我成功了，但是我又這麼想：

（A）我可以丟下一切等塵埃落定。發生的事就發生了。如果情況像賽錫克暗示的那麼嚴重，警方也可能很快找上我。

（B）我可以固執地堅持探察，冒著陷入更大麻煩的風險。俗話說「無三不成禮」。我準備好面對大禍臨頭了嗎？

（C）反正我可能被指控謀殺，找幾個墊背的又有何妨？迄今什麼事情都不合理。或許我可以悄悄地幹掉幾個敵人。別的不說，這個世界會美好一點，我也會有多一些生存空間。

（D）我可以休長假，單獨一人。到天涯海角；永遠沒人想得到的地方。幾個月後，當一切事過境遷，我再出現。意思是，比較放鬆、曬黑、健康又快樂的我會飛回伊斯坦堡，繼續過日子。

我衡量各種選項，排列優先次序小心地反覆考慮每個方案。沒有用。

我被選項C吸引，暗自花了不少時間列舉想消滅的人名清單。一開始，浮現的名字多到失控。從熟人到陌生人，只在電視、報紙和雜誌上看過的人，有的出名，有的不是，幾十個沒有臉孔的名字，或沒有名字的臉孔。名單沒完沒了，當我發現我無意消滅漫長名單上的任何人，也無法在我譴責的任何對象找到任何能贖罪的特質，我自己都嚇到了。好多人啊！

度假幻想比較愉快。遠離伊斯坦堡街頭、晴朗炎熱的地方……不必穿厚重衣服，只需短褲和T恤。我可以吃熱帶水果過活，衝浪玩樂，在沙灘上伸展，看看書，對路過的半裸男人嘆氣的地方……

夢幻假期的幻覺讓我放鬆。畢竟我只是個凡人！我感覺自己漸漸輕鬆平靜，幾乎像去海灘那麼有效。我肌肉、眉頭與太陽穴的緊繃舒緩了，我停止咬緊牙根時才發現我在磨牙。完美的假期：海水，陽光，購物與男人。男人從我面前走過，穿著色彩鮮豔的萬花筒泳褲，五分褲或緊身褲——甚至有幾個穿丁字褲露出古銅色的豐臀……哈魯克．佩克登突然穿著及膝寬鬆五分褲出現。喂，他怎麼會出現在我的幻想裡？我開始想到哈魯克，魔咒消失，假期結束了。「一個人的眞實生活通常是他無法掌控的生活。」有人如此說過（註：英國作家奧斯卡．王爾德）。

我開始哼起喜愛的老舞曲：「回歸生活，回歸現實……」

26

生活的現實要求我打給聖戰2000，我照做。

「怎麼回事？」他激動地大叫，「你一開始挖某人的資料他就死了，這下你可要好好解釋了。」

我先是被指控爲嫌犯，現在又被公然指控殺人。這太誇張了。

「我怎麼知道？」我怒道。

「我們都知道你一直在調查。我相信你沒有告訴我所有事。你有所隱瞞。更糟的是，你害我捲入了你的骯髒勾當。」

「相信我，我連他怎麼死的都不曉得。我看電視才知道，跟你一樣。」

「那你最好留意聽電話。天下大亂了。跟那個高利貸有往來的人都很恐慌。線路大爆滿。如果你聽見有人名字被提起，你們都會互相牽連。」

「你該不會是說你也在竊聽電話吧？」

這我眞的沒料到。

「有必要的話，對。」他說，「你以爲我怎麼搶到這麼多生意的？」

要是點鈔機阿里知道這件事，他永遠不會再打電話了。原來聖戰2000是這樣搶走我們這麼多工作。

「怎麼不講話？」

「我在想事情。」我說。

「我思故我在嗎！」

要不是這種愚蠢的幽默感，聖戰2000會令人無法忍受。他老是出乎我意料，我還笑了出來。

「別笑了！」他叫道，「情況很嚴重，我笑不出來。現在他死了，那些我們摧毀的電話紀錄就變得更重要。警方和其他人會開始找線索。他們會最先查哪裡？電話紀錄。他們會發現什麼？驚喜！沒了。被刪除了。怎麼會這樣呢？猜猜誰要負責？」

「我們。」我本能地回答。

「答對了！」

這我倒沒想到。我已經感覺好像被吸進難以控制事件的複雜漩渦，我根本不願意去想這個新消息的暗示。

「那麼，從你下載的東西能找到什麼嗎？」

「你以為我都在找什麼？你以為我隨機挑選電話號碼嗎？那只會浪費時間。我說過了，他的客戶名單簡直是大咖名人榜。你不會相信的：政客、商人、歌星，地位崇高的人，還有普通黑道人物……」

我聽了他收集到的名字眞的很驚訝，也很驚訝凱末爾似乎認得很多次級名人。

「我有的不只是他們的電話錄音。」他繼續說，「有很多匯款透過網路和電話進行，匯到國內或外國帳戶，正式帳號，已稅或未稅，分布在開曼群島、巴林、瑞士、盧森堡……隨便你猜！」

「那麼。」我又說，「這代表什麼意思？我是說，有什麼用？」

「有什麼用！」他幾乎叫出來，「想想其中的暗示！……高利貸業者……洗錢……想像一下你能用這種資料做什麼！當然，你也知道，紀錄都是舊的。新的全沒了。刪除。也就是，最近的一大塊資料不見了。幸好，是我們一起刪除的。」

「唉唷，別傻了！電信公司又不會紀錄每一通電話內容。或者你以爲我們在這裡談的是美國白宮？」

「你又說『唉唷』了！總之，我想你說得有道理。」

我們離題了，但我們又回到核心問題。

「你說你已經解開拷貝的紀錄。我需要知道的是：怎麼回事？他是怎麼死的？」

「一件一件來。」他說，「我不認爲我能一下子解答你的所有疑問。」

「你知道什麼全告訴我。」我催他，「爲了交換有用的資訊，我有個大驚喜。我要介紹你一個火辣小伴侶。正是你喜歡的沒動手術的甜姊兒，像棒棒糖一樣甜。而且她很強悍！」

我察覺電話另一端的呼吸模式立刻有了改變。以無法逃離討好的母親目光監視，甚至站起來都需要攙扶的人來說，我晃在他面前的餌確實很誘人。惡劣口氣消失了，變成低語。

「誰？」他沉重地喘息說，「告訴我是誰……」

「你先說……」我說，「告訴我你發現了什麼。那樣你才眞正有資格獲得我的小驚喜。」

「是誰？不說的話我就……」

「你不會認識的。」我挑動他的好奇心，「但是你一看到她，她會讓你大吃一驚。我發誓！」

我以爲他會沉默地衡量我的提議，但我沒料到這麼快。

「法魯克．哈諾格魯在自家門前掉進博斯普魯斯海峽，淹死了！」

「你開玩笑吧。」我說，「像他這種大男人不會游泳？他從小在海濱豪宅長大的……」

「所以他的死才會變成悲喜劇，而且很玄。顯然，他的腳纏到繩索，頭無法浮出水面。雖然海流很強，他的屍體被發現時還在自家門前載浮載沉，有一段繩索纏住了他腳踝。其實，聽說他的屍體隨著波浪拍打著碼頭。海鷗把他水面上的部分啃得很慘。」

「夠了。」我打斷他。

我可以輕易想像那個畫面，感覺一陣暈眩。一隻毛茸茸的小牛，泡在海水中腫脹又慘白，被兇猛尖叫的海鷗撕成碎片，就像希區考克的《鳥》。我小時候看到這部片連作了好幾星期的惡夢。

「你不認爲這聽起來很可疑嗎？我不知道你怎麼想，但我聞到有鬼。」

如果連凱末爾都察覺有異，我敏感又經驗豐富的鼻子應該充滿血腥謀殺的臭味，而且還是一連串！但是沒有。我需要一點時間從海鷗啄食蒼白人腿的畫面恢復正常。

「我晚點再打給你好嗎？」

「但是你還沒告訴我對方是誰！你不能掛斷！」

「我馬上回電，我得上洗手間。」

「我會搞垮你的系統！走著瞧！」

我有理由顧忌凱末爾。他說話算話。而且完全有能力實踐他的威脅。

「帕米爾！」我大叫，「晚點再告訴你細節。」

我沒等他回應就掛上話筒。

我衝進浴室，嘔吐起來。我潑到臉上的冷水讓我振作。嘔吐讓我眼睛流淚充血。人腦的精密運作仍是個大謎團，我的也不例外。照鏡子的幾秒鐘內，我腦中閃過的是：阿佛烈·希區考克，《鳥》，緹玨·海德倫看來像個生硬的變裝皇后，她健壯的搭檔男星羅德·泰勒，希區考克在《豔賊》把海德倫塑造成新一代葛莉絲·凱莉的努力，她在該片的搭檔男星史恩康納萊……然後，哈魯克·佩克登。

對，現在我有社會與道德義務向哈魯克·佩克登致哀——而且當面去做。正是這位哈魯克·佩克登，就在昨晚，駕車進入那棟不幸的海濱豪宅時完全無視我！說到靜心思考與重新振作，交織著怨恨與欣喜的心情最適合了。

我準備好回到跟聖戰2000的電話對話，安排答應好跟帕米爾的約會，同時盛裝打扮去見哈魯克·佩克登。機會出現了，當然要好好把握。命運短時間內未必會再來敲門。

聖戰2000告訴我法魯克的老婆會攔截打到家裡的所有電話。然而，大多數接聽的人是亞爾辛，聲音像管家的男人。還有死者的律師，妹夫哈魯克·佩克登。一提起「哈魯克·佩克登」這個名字，我不由自主地嘆息。

「我猜那棟房子會擠滿訪客。重要人物都在那兒。炸彈藏得好就能有效地消滅土耳其政壇、商場、文化界和娼妓社群，我們會兩手空空毫無收穫。」聖戰2000繼續說，「雖然電話裡都是平常的同情和悼詞，也有很多人提到金錢。美元、馬克、日圓……連土耳其里拉都有，只是很少。」

「唉唷，你說『馬克』是什麼意思？已經改歐元了！」

「看看你，拘泥貨幣這種細節！好像那很重要！如果你沒興趣我就不講了！」他罵道。

我詳細說明帕米爾的特殊專長，凱末爾才軟化。然後他以瑣碎的完整細節複述他聽到、被告知與判斷出來的一切。我們或許是最激烈的競爭者，經常針鋒相對，但我絕對同情書呆子氣的聖戰2000。他或許是個變態又半身不遂，但他也是有力情報的寶庫。

「你們什麼時候要來？」

「她會自己去。」我說，「我不去了。我會給她你的地址，一定要確保令堂不在家。」

「別傻了！」他驕傲地說，「我不會在家裡做，我要去高級飯店訂個好房間。錢是幹什麼用的？」

我真的沒料到。

「有什麼推薦嗎？你比我了解這方面……但是我要最好的服務，而且不要過問太多。」

「你要有景觀的房間嗎？」我忍住竊笑問。

「我懷疑我們會有時間看風景。」

27

我心目中法魯克離奇死亡的頭號嫌犯，當然，是沃坎的窩囊廢弟弟歐坎。連我都考慮過歐坎的謀殺動機，其他人也做出相同結論：現在電視名嘴都在吵鬧地指控他。聳動標題出現「毒蟲報復殺兄仇人？」，那群例行的名嘴跟著發表武斷的意見。幾小時前報導的「意外」這下變成煽情的謀殺案，警方正到處搜尋主嫌。螢幕上出現那個弟弟的人頭照：黝黑、奸詐又醜陋，眼神猥瑣，看來一點也不像沃坎。

典型的投機炒作，有個頻道趁此刻歐坎突然聲名狼藉，重播了嚴肅的白袍醫師滔滔不絕主講、關於毒癮的節目。濫用大麻已經夠糟了，海洛英毒蟲什麼事情都做得出來。瘋狂性質的隨機暴行顯然在科學上跟「X」類鴉片和「Y」迷幻藥有關。有時我會慎重考慮把電視送給法托絲大姊或工友，甚至丟出窗外。我可以輕易想出迷人的東西塡補這個空間，事實上，這個黑色塑膠箱一向跟房間的整體配色不搭。

先前我不認爲跟歐坎談有什麼重要性，也沒去找他。現在有必要了。我得跟警方賽跑搶先找到他。如果他被捕——肯定遲早會被捕——他只會在官方紀錄上說話，沒別的。但是我太清楚官方用來逼供認罪的方法。我必須趕快。

我匆忙穿上不會太引人側目的衣服：黑毛衣與比較高腰的牛仔褲。自從開始流行低腰，我就沒買過從胯下到腰帶超過一個手掌長度的牛仔褲了。而我的雙手不像其他小姐：雖然結實，還算是修長優美。

我踏出門時，忽然發現不知道該去哪裡，也不知道怎麼找歐坎。沿街搜尋太沒效率。在這個時代，連找公寓都不用這種方式，更別說找謀殺嫌犯。我毫不動搖，鎖上門走出去。

要求關掉計程車上的刺耳音樂後，我打了幾通電話，終於問到瑞菲克·阿爾坦的具體地址。不到十五分鐘，我走進他在艾森特佩區的大樓。這裡沒什麼特別華麗，完全反映他的狀況：走下坡，但固執地擺架子。我搭乘宛如古希臘遺跡的電梯到頂樓，在鏡中檢查儀容。我鼻子上方長了一根雜毛。我努力用指甲想拔掉，但是太短抓不住。雜毛獲勝，只留下我眉毛之間一塊紅斑。往好處想吧，我踏出電梯時只能這麼想。

瑞菲克在等我。

「妹子，你在電話裡讓我很緊張。爲了振作一點，我已經在服用鎭靜劑。你可以想像我的精神狀態。說我最近感覺不是特別清醒算是低估了。我一點也不知道我在說什麼，甚至我聽見了什麼。請見諒……」

我心想，了解自己永遠不嫌晚。

我決心讓表達同情的儀式縮到最短。他同樣決心嘮叨每個細節，同時穿插令人作嘔的修飾話語。他對最近的新聞毫無所悉。

「唉，拜託，你一定不是認眞的。我沒有力氣拿起報紙或開電視。我還在哀悼，妹子，痛苦枯萎，完全無法從生活的簡單樂趣找到調劑……」

我一向很驚訝講話這麼粗俗的人竟有辦法寫出那麼動人的詩。

「要不是顧忌鄰居，我會用最大音量聽阿拉伯音樂。隨著撕心裂肺的音樂倒在地上，掙扎哭泣，滿心哀傷……但是淚海也無法讓他復活，對吧？安靜！我知道……可是！」

這個最終爆發，伴隨著模擬痛苦的臉部抽筋，正是我需要的確認。對，他又在表演了。純粹演戲！他音響上的綠燈還在閃，一定是在我來之前關掉了。我面對著正在最荒唐、鄙俗與神經質狀態的土耳其版白蘭琪．杜波（Blanche Dubois，電影《慾望街車》的女主角名）。

「看這邊。」我用右食指指著他左眼說，「我不相信你在痛苦哀悼，畢竟他是你的老情人。但是，請盡力理解我即將要說的話。我這麼說不是不尊重你的痛苦和愛情，而是因爲你快要完全失控了。暫時拋開演戲，不然我就把你和你家砸成碎片。」

我眼中的雷電說服他我是認眞的，他很清楚我發脾氣時能做出什麼事。有一次，早在我跟隨偉大的索菲亞當學徒時，我曾經被激怒衝進瑞菲克的公寓，砸毀他家，爲瑞菲克與我當時所謂的男朋友，展示一系列剛學會的泰拳招式。體貼免費提供的每一拳每一腳都逼他吐出更多實話。此後，眞的過了很久，我才有辦法指稱任何人是我的情人。

我簡單扼要地總結他最近的表現。他對我的批評有點驚訝，有點生氣他扮演的哀痛未亡人形象不受欣賞。他眼睛盯著我搖晃的食指，偶爾溫馴地點頭表示他有在聽。

「好吧。」當我告訴他法魯克死了，他說，「他活該。我還以爲他逃得掉呢。這叫天譴，親愛的。我有時候相信。這就是了。」

到了該提起歐坎的時候，我停住。我一直大聲快速講話，喉嚨好乾。

「別那樣看我。」他說，「我什麼也沒做。」

「我有說你做了什麼嗎？」

「不，你沒有……還沒。但是你罵人罵了這麼久，我忍不住懷疑我是不是下一個。我只要求一件事：如果你非要揍我，請別打我的臉。你很清楚，上次我動了兩次手術才把鼻子矯正好。」

想起上次的事，我不禁笑了。當然，他不知道爲什麼。

「怎麼了，妹子？現在是怎樣？」他膽怯地試探。

「沒什麼。」我說，「只是想起了上次我砸破你窗戶時，你嚇得尿褲子。」

「這一點也不好笑。我已經選擇全部遺忘。我把你的行爲歸咎於嫉妒心發作，暫時性瘋狂。否則，我永遠無法再跟你講話。」

我懶得提醒，他早就在全市誹謗我，直到我開店才跟我講話，當他來到店裡想要找個孌童，沒人對他有絲毫興趣，因此他又假裝忘了這事發生過。

「你也不是完全無辜。」我說。

「那不一樣。你還沒釋懷，你太記仇了！」

他跟以前一樣決心要占上風。

「你睡的那個小子碰巧是我的情人。」我說。

「他就像衛生紙一樣，沒什麼。用過就丟的一夜情罷了。我沒有太在意。但現在看來你有；你還很執著，你這老傢伙眞奇怪。」

這樣下去沒完沒了。我連那小子的長相都記不清。我只記得把手邊抓到的每樣東西往窗外丟，把一條大毛巾塞進馬桶，打翻點燃的蠟燭結果地毯和窗簾燒出幾個洞，當然，還有我的小小泰拳示範。喔，加上瑞菲克只穿一條粉紅內褲在房裡奔逃的奇景。

「隨便啦。」我說，「那不是我來談的話題。那些事我都忘了。老實說，我連那孩子都記不得了。」

「你說記不得是什麼意思?」他厭惡地說,「他名叫烏夫克。中等身高,身材偏瘦。核桃似的大眼睛,胸口右邊有顆痣看起來像第三顆乳頭。」

他比手畫腳,在自己胸口指出第三顆乳頭的位置,簡直是討打。

「唉呀,閉嘴!」我瞪著他吼道,「話題結束。別管烏夫克了。那不重要。你們沃坎的弟弟歐坎被懷疑是殺人凶手。他們想要推給毒蟲頂罪結案,乾淨俐落。」

「不,怎麼可能!歐坎不會的。他不可能……」

「你怎麼能確定?」

「他在這兒,在臥室睡覺。他兩天沒出門了。我也沒有。」

「你說什麼?」我說,「歐坎跟你在這裡?」

「沒錯。」他冷靜地回答,「我打電話給他,要交還一些沃坎的遺物。他很好心地馬上過來。我們喝了幾杯,在彼此肩上哭泣……然後他……安慰我。」

他口氣中浮現一股不合時宜又毫無根據的驕傲感,彷彿完成了困難的壯舉。嘴唇扭曲成邪氣的微笑,他繼續說。

「我也反過來安慰他……然後……他跟我……過夜……」

「所以這兩天你們兩個都沒出門?」

「呃,從昨天起就沒有。我說過了,歐坎跟我在一起。他不可能殺那個放高利貸的。況且,他為什麼要這麼做?畢竟法魯克先生幫過他,給了他很多錢。」

「你再說一遍。」我說,「慢慢說清楚,我有點迷糊了。」

澎澎的安眠藥不可能現在還有藥效,我似乎遭受了永久損害。

「我們打給警方告訴他們！他們最好別來煩他……」

「才怪。」我說，「警察一直在等你打電話，我想他們巴不得把頭號嫌犯從名單上劃掉。你作夢啊！」

「那我們怎麼辦？」他焦慮地咬著下唇說，「他總不能一輩子躲在這裡，對吧？那不可能。」娘砲老玻璃加上低能童星超過我的忍受範圍。我皺著眉，上下打量他。

「別瞪了，妹子！說話啊……」

「去叫醒他，我們必須談一談。」我說，「然後你可以去寫寫詩。」

當我看著瑞菲克走去叫醒歐坎，忍不住猜想他穿著哪種內褲。

28

從臥室傳出瑞菲克的低聲咕噥，他正想要叫醒他的新歡，以某個角度說，歐坎繼承自己已故兄長的男朋友。我心中燃燒著一個疑問——除了瑞菲克的內褲：哈諾格魯豪宅的保全監視器還拍到了什麼人什麼事？如果我出現了，而我沒有理由懷疑賽錫克的話，除了我應該也拍到歐坎。否則，他爲什麼會成爲嫌犯？但如果歐坎這兩天來都在瑞菲克身邊，他就不可能被監視器拍到。一定有人沒說實話。不過是誰呢？

歐坎醒來、恢復神智準備好見我需要花點時間。我走到窗邊欣賞身在十四樓的風景。博斯普魯斯海峽攤在我面前，從伊拉穆爾谷地一路延伸到薩雷布姆。天色陰鬱。我砸破窗子那晚根本沒注意什麼風景。我沒那個心情。重力會確保尖銳的玻璃碎片在落地之前變成致命武器。接下來幾天我沒聽說什麼消息，所以假設沒發生什麼嚴重的意外。

我爲什麼記得住那天大肆破壞的每個細節，卻記不住那小子烏夫克呢。原來他有顆像第三乳頭的痣。我絞盡腦汁，什麼也想不起來。

「早安……」有個惺忪又緊張的聲音說。

歐坎．薩里多干站在我面前。他比我預期的高壯一點，不像他照片顯示的那麼黝黑狡詐。但他顯然不像他哥哥，受眾人高度讚揚爲「千載難逢，務必體驗一試」的那位哥哥。他不只不英俊，連「有魅力」都談不上，這是最近形容醜男的流行用語。他一頭濃密亂髮，表情萎靡，就像那張模糊的大頭照。即使如此，哀慼的表情還是讓人看了想要保護他。

「早安。」我回答。

「瑞菲克說了些什麼，但是我不太懂。我一定是睡過頭了，還有點昏沉。」

瑞菲克說話時他瞄過去。

「我幫你泡點咖啡，會有幫助。」

所以，哀悼期正式結束。新戀情已完全綻放。

「你也要嗎？」

「好。」我微笑說，「黑的。不要牛奶，不加糖。」

瑞菲克消失去泡咖啡後，我坐在歐坎對面，兩人互相觀察。衝突或和諧，會怎樣發展？我自己是傾向後者。

我轉述電視上的突發新聞，告知警方正在找他。我也補充了沒人會想到來這裡，瑞菲克的家找他——至少暫時不會。

「可是他們爲什麼指控我？昨天我根本沒出門，一定是弄錯了。」

咖啡來了。瑞菲克先端給他。無論是否受歡迎，我可是客人。因爲他們上床了，歐坎實質上已經是這個家的榮譽成員，不是客人。應該先端給我才對。他一定是把歐坎當成眞命天子，我們兩個不過是姬妾或女奴而已。哈！我暗自說。如果你在家是這種表現，說那麼多同性戀人權和女權主義宣言又有什麼用呢？你那些政治正確的文章，你的啟發性觀念也不過如此。當然，這些都跟當務之急無關。我的心思不愼被細節絆住，用在其他地方了。

歐坎從名牌運動褲口袋裡掏出一小包錫箔紙包著的菸草，開始捲大麻準備當作早餐。無論是麻醉藥或海洛英，我對毒品的意見都一樣：痛恨。我也討厭吸毒的人。

「我們有嚴肅的事情要談。」我說，「你早上剛起來就非吸不可嗎？」

他從捲菸抬起目光，給我一個驚訝又懷疑的表情。

「你被指控謀殺耶！你還想要加上一條吸毒罪嗎？」

「這只是迷幻藥。」他說。

在他的觀念，迷幻藥顯然不是毒品。

瑞菲克蹲在我這張沙發的另一端，對我與歐坎的短暫對話氣氛與走向很緊張。即使如坐針氈，他看著歐坎的傻笑簡直像個極樂涅槃的人。

「呃，他不會干涉。而且這是他家，關你什麼事？」

歐坎露出了他的本性。這個外形猥瑣的小子是正港叛逆者！他的模範是詹姆斯．狄恩，卻很可能根本不認得那是誰。一塊被誤解的璞玉，至少他自認如此，他正在扮演永恆的叛逆憂鬱小生。

從一開始就把他當壞人沒有幫助，我還有很多事情要學。

「隨便你吧。」我說，「反正是你自己的身體和大腦。愛怎麼摧毀都可以。」

他瞪我一眼，然後面露微笑繼續捲菸。他的雙手很敏捷靈巧。

「你怎麼認識法魯克．哈諾格魯的？」我問。

「誰不認識他？」他頭也不抬地說。

「老弟，聽著。」我用聞名的警告語氣說，「別跟我耍嘴皮子！我是來幫你的，我不認為是他殺了你哥哥。有人想要嫁禍給你。他們會認定是報仇，結案然後忘了這件事，讓你在監獄等死。聽懂沒有？」

他深吸一口大麻，菸尾巴發出火光。嗆辣的甜味傳入我鼻孔。我盯著他的臉，等他回答，或做某種回應。他讓大麻在肺裡停留片刻，吐氣時才說話。

「我不笨，我懂。」

「那就好。」我說，「告訴我你知道什麼，從頭說起……」

他用自以爲有意義的表情望著半空中，保持沉默又吸了兩口菸。

「我跟我大哥沃坎住……」他說，「在他死前。」

瑞菲克聽了發出哀嚎，跟著開始打嗝。

「他永遠活著，在愛他的人們心裡。」瑞菲克嗚咽說，「他還活著……就在這兒……」

自然，他閉上眼睛雙手合抱，「在這兒。」

歐坎跟我看著，兩人一樣傻眼。唯一差別是他的眼睛開始泛淚。

「我們很親近。」他繼續說，「他總是照顧我，像個好哥哥。是他把我從村子帶來伊斯坦堡，教我怎麼穿衣服，怎麼表演。」

哭喪著臉、淚眼朦朧的瑞菲克拚命點頭，我得移開視線以免爆笑，但我沒辦法塞住耳朵阻擋他的低泣聲。

「尤其從他這樣的人……可以學到好多事。」

這些都跟眼前的事無關，我也完全沒興趣，但是這「孩子」至少開口了。我必須閉嘴保持文明，若有必要，適時發問就能讓他回到正軌。

開場白比我擔心的拖了更久。瑞菲克甚至必須再泡一次咖啡。我聽到的沃坎被描述得跟其他證詞完全不一樣。他成了哈利·希金斯（Harry Higgins，《窈窕淑女》的男主角）、史文加利（Svengali，莫里哀小說中將女主角催眠而加以控制的樂師），甚至天使。是個善心、體貼、感性、負責又溫柔的哥哥。他對弟弟的缺點一向寬容，天天給零用錢表示疼愛，連嶄新小巴都能讓給弟弟。

「此外。」歐坎補充，往我臉上揮舞他的菸，「他從不在意這玩意。他會打電話給我，問我有沒有庫存以便隨時支援我。」

歐坎講個不停，偶爾陷入沉默，恍神，仰起頭望著天花板。然後回過神來繼續講。迄今，還沒提到沃坎的金錢來源、他當牛郎的名聲或他跟法魯克·哈諾格魯的關係。我耐心等待。他抽完了第一根菸，攤在沙發上，垮下肩膀，眼神迷濛。

「那麼，跟法魯克·哈諾格魯是怎麼回事？」我終於問，盡力保持語氣溫柔安撫。

「喔，對了。那有點複雜。」

「說說看……」

「你知道的，我哥偶爾會幫他們。」

其實，我並不知道。其實，我打算承認我連沃坎都沒見過。但我坐著沒說出來，和藹望著他。瑞菲克非常好奇地看著，邊聽歐坎說話邊擠出微笑。他臉上的表情宛如母親與教師商討她的廢物兒子，準備面對最壞的消息卻仍懷抱希望。他的目光固定在歐坎嘴唇，顯然他們從未討論過此事。根據歐坎的說法，瑞菲克必須認真改寫他與沃坎的情史。

「他怎麼幫他們？」瑞菲克問道。

歐坎看看瑞菲克，似乎在顧慮他。

「受託時，他會幫顧客安排小姐之類的事情……」

沃坎人生的另一個黑暗篇章被掀開了：他的皮條客角色。誰被牽線給誰就憑各人想像了。我回想法魯克．哈諾格魯的客戶名單，腦中名字不斷湧現。

「有時候他會自己去……見有錢的客人等等……」

我用眼角偷瞄瑞菲克，他越聽越緊張。他的新情人即將證實哥哥，他的舊情人，當過牛郎嗎？

「你是說他當過牛郎？」我仍然看著瑞菲克問道。

「我猜是吧。」歐坎說。

瑞菲克的臉色變化好像調色盤，我很欣賞這個奇景。

「我哥並不喜歡，但是酬勞很不錯。不過最近有工作來的時候，他會設法推辭。他有很多錢，說他不必再忍受那些有錢婊子的口臭。」

瑞菲克坐直身子，睜大眼睛，咬著下唇。

「你見過那些女士嗎？」

瑞菲克轉頭看向歐坎，眼神發亮，無疑對我提出這種問題很憤怒。

「沒有。」他說，「我沒時間做那種事……我喜歡男生，徹頭徹尾。」

他害羞地垂下目光，對瑞菲克驕傲微笑。

眞是一家怪人，我心想。哥哥是一回事，弟弟又完全不同。至於姊夫嘛……

「你的姊夫呢？」我問，「濟亞……」

「他只會吹牛！」他不安地笑笑說，「光說不練。」

「如果是他殺了你哥怎麼辦？他們曾經翻臉，他想要拿刀捅他……」

「不可能！」他說，「他沒那個膽量。」

「法魯克．哈諾格魯和他的黨羽可能殺了你哥。」我說。

「少來。」他緩緩說，「如果他們殺了他，為什麼事後還來找我？一定是哪個畜生皮條客或吉普賽婊子殺了我哥。我確定。或許皮條客不滿意沃坎分給他的錢。如果他的小姐說她去過五星級飯店，他會索討更多。然後，我哥不肯給，就被刺死。沃坎根本不應該與那種人廝混。他自找的。當然，吝惜金錢是個大錯。但是他怎麼會知道？我是這麼想的。不然他為什麼會在貝爾格勒森林？」

「沃坎的客戶一定不會要求他安排什麼三流貨色。」

「那是你這麼想！你一定不會相信他們喜歡的類型。最低下的那種。就像妓院跑出來的。大嘴巴、滿嘴粗話的妓女，願意做他們老婆跟情婦不肯做的事情。什麼人玩什麼鳥，這個國家裡什麼樣的人都有，我的朋友。」

不需深入討論我們熱愛的祖國的性學和社會學了。

「你剛說法魯克．哈諾格魯來找你是什麼意思？他想幹什麼？」

「幫助我，不然你想呢？」他說，「那傢伙，他真的很夠義氣。他坐牢的時候，他的律師來問我需不需要什麼。他們讓媒體別來煩我，給了我一些錢。他們告訴我不須誤會這筆錢，沃坎曾經是他們的員工，即使他什麼保險福利都沒有。是他們安排了葬禮，甚至在紀念儀式上念了禱告詞。等他出獄後，他親自打電話。他老婆也打來過。他們邀我去他們家。他們說把沃坎當成自己兒子一樣，對我非常好。他是個好人。你知道的，聽到他死了我很難過。」

即使我昨晚沒去拜訪過同一個法魯克．哈諾格魯——即使他對待我的方式沒那麼討厭——我也會發現他們對歐坎的特殊興趣非常可疑。

「你從來不懷疑他們爲什麼對你這麼好？」

「爲了讓我閉嘴，你當我是傻子嗎？」

「具體來說，針對什麼事閉嘴？」

「小姐們。他們幹的皮條勾當。我們說的可是上流社會。『大家都在做，但是從來不說。』沃坎會這麼說，願他安息……」

瑞菲克插嘴說了句誠心的「阿門」。

「所以你去過他們家，對吧！」

「等等！我說過我昨晚沒去，並不是從來沒去過。」

「但是？」我結巴了，「如果你昨晚不在那裡……」

唯一可能的解釋是歐坎在別的夜晚被拍到了。根據警方說法，昨晚的影片有歐坎也有我。謎題的答案很明顯。有人竄改了影片。監視器都指向通常沒人的庭園或門口，想必很容易剪接另一晚有歐坎的片段。不曉得我上鏡頭怎樣，監視器一定會擺成拍得到人臉的角度。

「我想我知道怎麼回事了。」我說，然後向他解釋。

「挺聰明的。」歐坎說，「那樣子他們也能愚弄警方。厲害。」

「對，但是倒楣的人是你。」我提醒他，「厲害！」

瑞菲克表達他的存在，發出一下高頻尖叫用來表示震驚與恐懼。

「他不會有事吧？」他說，「別這樣嚇我們，求求你。我們才剛開始從最深的哀慟中復原。」

他眞的很擔心，但我看不出他眞的是大白癡或只是裝傻。我懶得回應。

「你在他們家裡跟他們談了什麼？」

「不多……他們邀我留下來吃晚飯。然後我們吃蛋糕喝咖啡……好棒的房子，是吧？像皇宮一樣！」

「所以他們邀你去只是社交性質的聊天？」

「是啊……」他說，「喔，他們還要我帶沃坎的通訊錄和其他東西過去。」

有意思。我的大腦和牙齒都開始繃緊。

「什麼『東西』？」

「我手上的全部。存摺，名片，錄影帶……諸如此類。他們付了很多錢買下。用美元，貨到付清。」

「唉唷，典型的滅證行動。」我說，「聽起來好像ＣＩＡ。收集所有證據然後毀掉，不留痕跡。但我還是不懂他們為何覺得有必要這麼徹底……」

「現在歐坎會怎樣？」瑞菲克又插嘴了，他的表情好像準備責怪老師的家長那麼高傲又好鬥。

「唉唷，我怎麼知道！」我說，「事情已經夠混亂了。我還是認為他們在找代罪羔羊，而歐坎就是要為此受罰的笨蛋。他一旦關進去，就沒人會抗議。世界上最乾淨俐落的手法！」

「眞是感謝你，妹子，說這麼鼓勵的話。唉唷，大家對自己的死對頭都不會這樣說話了。有你這種朋友誰需要敵人。我這是誠心要聽你的忠告，你卻怎麼回報！希望你對得起良心。你這樣的人，一向愛管閒事愛當偵探破案……我眞的很惋惜你太不敏銳，希望你知道。」

最後一句還搭配著他撇下巴伸長顎骨的動作。

我不理會他的求助，一切都已經很清楚了。沒什麼好說的。即使殺沃坎的凶手仍在逃，已經不重要了。這麼精心規劃又強力的騙局怎麼可能指望逆勢破解？一切都像時鐘精準運作。即使最輕微失策或犯錯的證據，也用原子彈的威力消滅掉了。

「妹子，怎麼不說話了？你像滿嘴塞了桑椹的夜鶯一樣安靜……」

「沒什麼。」我說，「一切都已經啟動了，我只是在想有沒有什麼辦法阻止。」

歐坎竊笑一聲轉向瑞菲克。

「你知道夜鶯吃了桑椹之後為什麼很安靜嗎？」他問。

「你到底在胡說什麼？」瑞菲克責罵他，「你也未免太聽天由命了吧。我們都在擔心你，怕你出什麼事……你只會坐著傻笑。」

歐坎拍打膝蓋，又一陣竊笑。我猜這是壓力太大，不是關節有問題。他口沫橫飛嘰嘰咯咯，說出幾個斷斷續續的句子。

「夜鶯吃了桑椹就會拉肚子。每叫一聲，就會拉一坨屎！所以牠閉嘴不叫了……我們在村子裡聽伊斯芬迪亞叔叔說過。我一直記得。噗！拉肚子！叫一聲……拉一坨！」

他竟然還用手勢在拉屎的地方示範。

看到我們冰冷的臉色，小夜鶯似乎很驚訝我們不覺得他的笑話有什麼好笑。他突然停止大笑，以嗑茫了的狀態來說，對我們露出意外嚴肅的表情。

「我又沒說我全部交出去了，是吧？那樣就沒機會削錢了……你以為我這麼呆喔？……我當然留了一些東西自保。」

29

每當我以爲釐清了什麼，事情就有意外的轉折。我遇到的每個人都像是某種雙面騙徒，我一點也猜不到他們的故事會如何發展。說謊已經夠糟，他們還各自有所隱瞞。現在我面對的歐坎，在我看來是個頭腦簡單的毒蟲，卻眼神發亮宣稱他也有隱匿的東西。

要歐坎乖乖吐實可不容易，但是至少應該試試。

首先，我必須把瑞菲克關進浴室無視他的抗議。他大叫著「請不要拆了我家！」和「別打我的臉！」讓我很不爽。

在他堅持下，我保證會放過他家和他的臉。然後補充說「盡量啦」。

歐坎比我想像的有料。讓瑞菲克癱瘓只需要在後頸猛劈一下，他得花點時間才會清醒過來。我打算實踐對瑞菲克的承諾，但是別無選擇只能在歐坎頭上澆一桶冷水，淋濕了一塊珍貴地毯。呃，至少我有祈求好運，客廳也沒有嚴重的損傷。

對於渾身濕淋淋的歐坎，我恐怕必須動武。當這小子全身上下各部位被扭轉擠壓，他變得比較合作，甚至多嘴；反手耳光與中等力道的飛踢比較沒效，經常只引發茫然的囈語、哭泣或鄉村民歌片段。他常常收回剛說過的話、自相矛盾或語無倫次。

等我榨出需要的資訊時，天已經快黑了。

我問到的大多數事情混淆到無法理解的程度。根據歐坎的說法，從高利貸黑幫到古董走私客每個人都有分。至於我們的兄弟，他們恰好被夾在中間。歐坎不像外表看來那麼笨。他理解也推斷出他自保所需的一切並且搶先一步。在強力脅迫下，他從口袋掏出沃坎的銀行保險箱鑰匙交給我。

現在上銀行太晚了。反正，我也不確定要不要經過交叉詰問才能打開保險箱。我甚至不知道持有鑰匙是否足夠，或者必須提出什麼身分證明文件。多年前，在我小時候，我媽曾經帶著我去銀行。我只記得她比較高價的首飾都放在那邊的一個盒子裡，認爲那樣比放在家裡安全。當她上銀行取回特別的項鍊和戒指準備參加我那眼神純眞的賽希兒表姊婚禮時，她也帶著我。每次我們都遇到賽希兒大姊的未婚夫歐克泰，他會大叫「好可愛的孩子。」然後花很多時間擁抱我，讓我坐在大腿上搖晃，聞我脖子和耳朵下的氣味，吻我的臉頰。婚禮上我嫉妒得拒絕跟任何人講話。大多數客人圓滑歸咎於我吃多了，但我媽很尷尬，我爸很生氣。

然而沃坎自己決定暗槓一些可能有爆炸性的文件，這麼做相當聰明。我認爲只不過是大屌、英俊的兼職牛郎，其實値得刮目相看。打從一開始，他就沉著冷靜地在安全地方保管各種文件、私人電話號碼、飯店發票甚至比較官方性質的檔案，別的不說，至少顯示出工於算計的智慧和與良好的組織性。我非常好奇，但是必須等到明天再說。如果我發現歐坎對於保險箱內容說謊，他一定會後悔莫及。警方還在找他，他無處可去，甚至無法離開瑞菲克的公寓。他是通緝犯。除非警方先找到他，否則他任我擺布。

我一走出外面街道上就打給聖戰2000。

「我想我發現重要的事了。」他先說。

「快告訴我，我好想知道是什麼。」

「你訂好飯店房間了嗎？」

「相信我，我沒時間訂。」我說。

「算了！」他說，「我整天在這裡爲你累得跟狗一樣，你卻連訂房間都沒空。算了。」

「我想我也碰巧發現了重要的事。」我說，「我要到明天早上才能確定。快點，說說看你發現了什麼……」

「不公平！你要我知無不言，但卻沒有東西給我。你欠我一票大的。我們晚點再算。我受夠了這整件事。我說眞的，受夠了。給我帕米爾女士。今晚就要。在眞主眼中這是行善……」

「我晚點回電給你。」我說，然後掛斷。我要專心破解命案，他卻滿腦子只想到那檔事。如果他發現的事眞的這麼重要，他一定沒辦法忍住不說。不可能太有價值。

我被困在通勤車陣，計程車寸步爬行。照例，我考慮然後打消了下車走回家的念頭。我累了。而且困惑。我想像這時叫個按摩師到府服務會有多棒。享受揉捏與拍打，然後陷入沉睡會多麼舒服。

但是我有工作。首先我得打給帕米爾安排飯店，然後我必須連絡澎澎準備拜訪法魯克先生家，即使只是混在大批弔客中致哀。接著是去找濟亞．哥塔斯聊一聊。我痛扁歐坎時弄傷了手。這太外行了，我心想。或者我只是上了年紀不小心？我立刻拋開這個想法。不可能！

我們駛過康拉德飯店時，我想起它的美麗景觀與蛋糕店，決定去訂個房間，親自去。我不理會司機的抱怨，堅持叫他掉頭在飯店門口讓我下車。

有按摩浴缸可以眺望博斯普魯斯海峽的房間要花不少錢，但聖戰2000有錢可以揮霍。總比捐給什麼無聊的慈善基金會好一點。

我點了一塊超棒的梨子蛋糕，還有一杯淡茶。

趁微笑的女侍上菜時，我開始打電話。帕米爾很難找，我打了好幾次才撥通。

「唉，我在染頭髮，所以無法接電話。」她說，「紅色，跟國旗一樣喔！」

我告訴她晚上要跟聖戰2000約會的消息。

「可是如果染料沒吸附怎麼辦？我是說，萬一變成亮橘色之類的呢？我發誓，如果發生這種事我可不敢出門！」

「他還是會要你的。」我說，「即使他不喜歡，那又怎樣？畢竟這是個恩惠。」

「別這麼說，你把激情都搞不見了。」

「聽著，帕米爾達令。這跟激情無關。做你自己就好。對他嚴厲一點！」

「那好吧，我會穿皮衣。」

「選得好。」我誇獎她，「晚點我會打給你通知確定時間。」

我開始吃梨子蛋糕，心情輕快得像羽毛。我聳起肩膀仰起頭強化這份極樂快感，不禁半閉著眼睛，我還可能呻吟了一下。就是這麼棒。

充電之後，我打給聖戰2000告訴他帕米爾來了。他邊聽邊沉重地喘著氣。

「馬上。」他叫道。

「別傻了，她在染頭髮。至少要再花兩小時。」

「那好吧。」他說。我給他預約號碼，他必須用自己的信用卡打電話或寫e-mail確認。

「告訴我你發現了什麼吧。」我說，仰靠著喝口溫暖的茶。

「我全轉寄到你電腦去了。」他說，「我想等你到家之後給你個驚喜，現在解釋太花時間。

很多銀行帳戶轉帳明細。世界各地的名單，有些很耳熟。大小金額……不斷轉移金錢。國外帳戶與國內銀行……我還沒解碼全部的資料，但是足夠心裡有數了。你看了就懂。」

「可是這些有什麼用？我們拿名單怎麼辦？」

「你想得到的幾乎每個人我們都能存取他們的私人紀錄。一大串名字。駭入銀行簡直是小兒科。」

「確實是。」我說，用舌頭的味蕾輕壓最後一口蛋糕。

「祝你好運了，大姊。」

「你什麼時候開始叫我『大姊』了？」

「看在老天分上，現在你對我就像個大姊。沒人對我這麼體貼過。一個也沒有。」

我仍然打算打給澎澎，但是我會等回家再打。濟亞姊夫也可以擱置。吃甜點前我就很累了，現在我差點要睡著。連按摩都覺得太麻煩。我付錢給開朗的女侍，搭上高大健壯、穿斗蓬戴高帽門僮叫來的計程車。他幫我關上車門，對我微笑，雖然禮貌，也讓我知道他很喜歡我。我太累懶得調情，只點頭表示感激。

我在計程車上差點睡著，只能勉強保持清醒。

到家時，公寓大樓前面有輛警車正等著把我帶到警察局。

30

幸好，警方很有禮貌。照例，我和賽錫克的友誼發揮了保護作用。「先生」這個，「先生」那個的。我累壞了，冷靜地遵照他們的要求，對所有疑問提出非常可信的回答。

關於我拜訪法魯克．哈諾格魯的事。我爲什麼，在什麼時間去找他；我停留了多久、我們關係的性質；我跟他有多熟，諸如此類……他們只是在盡量收集資訊，如此而已。例行訪談。沒什麼好擔心的。至少目前還不必。

沒人問起歐坎，也沒承諾什麼事。歐坎這麼怕警方，他毫無選擇只能再跟瑞菲克．阿爾坦多躲一天，窩在新的愛巢裡。反正幾天內，一切都會明朗化。

我確信他們把我的疲倦解讀爲無聊，所以假設我告訴他們的都是眞的。我的證詞被打字紀錄。過目之後，我簽了一份。他們道謝，有個警察還陪我走到門口，無疑出自他對賽錫克局長的尊敬和畏懼。我們告別握手時，他說「請代我問候局長。」

一小時前帶我去警局的同一輛車送我回到家門口。

終於，我可以爬回溫暖空曠的床上了，特別強調「空曠」這個字。即使約翰．普瑞特或哈魯克．佩克登上門，我也會禮貌地打發他們走。就是這麼累。脫衣服時，我把保險箱的大鑰匙從褲子口袋掏出來放在床頭桌上。通常我很整潔，有些人甚至說我強迫症，但是今晚我只把衣服丟到床邊的扶手椅。

檢視聖戰2000轉給我的名單必須頭腦清醒。這可以等到明早再說。快九點了。我想聖戰2000和帕米爾應該已經開始了。然後我陷入昏睡。

幸福的沉睡和愉快的美夢被響不停的電話打斷。更糟的是，電話不是打到連接答錄機，而是我的數據機線路，連我都不曉得號碼。鈴聲似乎不會停止，我只好接聽。

我睜開一隻眼，瞄向鬧鐘。已經過了午夜。

我拖著身軀走進書房，很陰沉地說聲「喂」。

「我打來謝謝你。」聖戰2000的聲音傳來，「沒吵醒你吧？」

「我在睡覺。反正，我已經醒了。」

「太神奇了，比我的所有幻想更棒。我欲罷不能。眞的好……過癮。」

「我眞爲你高興。」我說。

「總之，你最好回去睡。我們明天再說。我激動得睡不著。或許會再做點工作。喔，對了，你看過我寄的名單沒有？有沒有發現什麼可用的？」

「你不會相信我有多累，我一回到家就暈倒了。」

「好吧，好吧。我聽得懂暗示。抱歉，明天見……」

「OK。」我打個呵欠。

他又道謝一次才掛斷。

對話很簡短，但是我全醒了。我回到床上，抱著希望。被窩還是暖的。我拉起來蓋到下巴。我開始想像隔天打開保險箱會發現什麼。好像電影。我會走進去用鑰匙打開箱子。畢竟，銀行名稱，分行代碼和箱號全都刻在鑰匙上。爲了確保我能昂首闊步走過那些羨慕的銀行顧客，向恭順的經理點個頭，我必須學我母親的範例，抬高下巴，直視前方，穿得人模人樣。我只能猜想等著我的黑資料有多少。或許不只能帶我找到殺沃坎的凶手，還能找到殺法魯克的人。警方確實在查這個案子，但現在他們也必須跟我賽跑。

我翻個身，完全改變我的思路。沃坎只是沃坎，法魯克只是法魯克。兩人都死了。但是還有哈魯克．佩克登……唉，那個哈魯克．佩克登。我努力想像他躺在我身邊。做不到。就是不可能。

我又感覺睏了。但我好像聽見了家裡有怪聲。我僵住仔細聆聽。對，有人在家裡。或許不只一個人。無論他們是誰，他們沒開燈。肯定來者不善。

我考慮跟他們正面對抗。我半裸著又赤腳。打泰拳確實不需要穿鞋子，但這次不是爲了好玩或運動。很可能是生死攸關。照例，適當的鞋子很重要。還要考慮我家可能遭受的損害。生命與財產都危在旦夕！

我剛坐起來就有兩個人影出現在面前。除非我瞎了才不會注意到指著我的發亮槍管。兩人都戴著滑雪面罩。我猜他們是男性，年輕又強壯。

比較靠近我的人似乎是比較靈光的首領。沒錯，他先開口了。

「把鑰匙給我。」他低聲說，在我鼻子前揮動手槍。

我奮起行動之前必須謹愼思考，從躺姿跳起來可不容易。

「什麼鑰匙？」我爭取時間說。

「別裝傻。第一個問題向來是『你們是誰？』或『你們要幹什麼？』。我以爲你會不一樣。別拖延。也別耍花樣。」

呃，至少他有點幽默感。聲音很陌生。

「你最後一句台詞有點老套。」我說，伸手開檯燈。

他用槍敲我的手。

「我們又不是要結婚，不需要燈光。」

「但是親愛的，這樣我怎麼看得見自己在做什麼？」我問。

我希望能下床站起來。

「至少可以讓我起床吧。」

他用槍把我推回床上。

「我們知道你的特殊技能，你最好這樣別動。我們不想傷害你。交出鑰匙……」

歐坎有一套。原來，他派了兩個手下來找我。或者是雇用的。呃，他確實有哈諾格魯家族當靠山。

「那。」我說，「我該怎麼做？」

「告訴我鑰匙在哪裡，我自己拿。」

「誰派你來的？歐坎嗎？」

「你話太多了！」

他用槍抵著我，在下巴底。原來「低頭看著冰冷槍管……」是這個意思。好冰。

其實，我很慶幸他沒開燈。首先，那樣他會看見我身邊放在床頭桌上的鑰匙。另一點，他沒考慮過我有主場優勢。我對家裡每件家具，還有每件潛在武器的位置瞭若指掌。我拿到手的每樣東西都可能用來打他或他的同伴。

槍抵著我下巴，我看不見另一個入侵者。但我感覺到就在床尾附近，約我的膝蓋位置。

我迅速估計了一下。

「就在我身邊，檯燈旁邊。」

他往桌上伸手，轉頭去找鑰匙。大錯特錯！在這時犯錯最要命了。

我強壯的右手往他側腰的一拳肯定打斷了兩根肋骨。另一個人臉上挨了我的後旋踢，彎下腰怒吼。

當槍口再次指著我，我已經起來站在兩個男人中間。這是我最愛的位置。跳上半空中一腳猛踢敵人，另一腳反向踢到另一個人最好玩了。加上空中轉身的話尤其有趣。

我做到了！

落地時，槍已經在我手上。

我們站著，宛如三角形的三個角。還沒開口過的跟班這下失去武器，無疑嚇得愣住了。

「夠了！」帶頭的人說，「把槍放下。」

「你先放下。」我說，「我的槍跟你一樣好。」

我退後一步，檢查保險。沒關。他們是玩眞的。不過，這種任務用這種武器似乎太沉重了。換成我會選小一點，輕一點，比較優雅的東西——時尚，亮晶晶的鋼永遠比無光澤黑色好看。畢竟，又不是在非洲打獵！他們設定的是闖入民宅，若有必要，射擊近距離的人——不是野豬！

像個暴躁的小孩跺腳，「放下！」帶頭先生說。

我的槍指著他，他也指著我，我伸出手抓鑰匙。

「放下！」他說。

「哈，你只會這句嗎！」我罵道，然後我吹牛。「我認得你的聲音。」

他沒說話。

我把鑰匙塞進內褲，最近，我都穿舊情人遺留的名牌四角褲睡覺。不只男性化，也性感極了。我是說，如果瑪丹娜能穿，我爲何不能？

鑰匙好冰，我打個冷顫。

「不要逼我們。」他低聲說，「我們不想傷害你。這事跟你無關。把鑰匙給我，我們就當作沒這回事。」

另一個人還在揉他的鼻子。因爲沒了武器，他專心舔自己的傷口。

如果我搆得到，梳妝台上有罐辣椒噴霧。看起來像普通的芳香劑。在皮包搶案盛行，防身術大熱門時買的。可是，我從來沒用過。

其實，我不清楚這玩意是否有用。畢竟，我們三人都呼吸同樣的空氣，彼此距離又很近。不行，我必須再度依賴我的泰拳功夫。

31

他們醒來時，已經被剝下面罩躺在地板上。雙手銬在背後！我從來沒想到兔毛情趣手銬可以用在這麼嚴肅的事情上，但是你看！比曬衣繩好用多了……至於我呢，我穿著跟澎澎借來的繡花紅色睡袍，翹著二郎腿坐在他們對面。一把槍在我手上，另一把放在旁邊。

先睜開眼睛的是跟班。小配角，我對自己說。甚至是附件。他也是先暈倒的人。

「哈囉。」我說，「你還好吧？」

他掙扎了幾下，發現被銬住之後放棄了。

「蛤？」

「眞是個媽寶。你挨一下就跪倒了。你不適合吃這行飯。」

他想要站起來。但是失敗，只能在原地搖晃。

「蛤？」

他要不是個大白癡就是聽不懂我的語言。我踢過他的頭，但肯定不至於造成腦部傷害。不，絕對不會！

「唉唷，說話啊！」

他睜大眼睛，瞪著我。

「他不會說話，不用麻煩了……」另一人說。

我在黑暗中沒發現，但現在開了燈他也醒了，我看到帶頭者有一對深藍色的大眼睛。水汪汪的眼神，彷彿快要哭出來了。不過，他的薄唇讓他顯得比較強悍。

「他是啞巴。」他澄清。

「那好吧，我看就由你來說話。」我說。

「你要我說什麼？你麻煩大了，而且還會更大。我們只有兩個人。你打敗我們。幹得好！但是下次呢？下下次呢？你能應付多久？你能打倒多少人？」

「天啊，你眞會講話。」我說，「我聽一整天都不會厭煩。」

「來啊，繼續開玩笑。等你發現你的對手是誰，就太遲了。」

「我已經知道他們了，告訴我是誰派你來的。」

他比另一人聰明。他沒有胡亂掙扎，而是察看他的手銬同時嘗試翻身側躺。

「我試過了，很堅固。」我說，「至少夠堅固……」

「夠了。你開心完了。我們知道你是功夫高手。快解開手銬放了我們。」

「放？去哪裡？」我問道，「我們剛開始暖身呢。」

「呃。」他說，「你想幹什麼？你不能殺我們，所以必須放人。不要逼我。解開手銬！」

水汪汪的眼睛瞪得更大，充滿惡意。

「或許我會報警。」

「你不敢。你也有麻煩。你跟他們說了謊。」他彎曲膝蓋想要坐起。若是坐姿，要站起來就不難。如果他站起來，我就必須在家裡追著他跑。輕踢一下讓他仆倒。這樣比較安全。

「首先，你得招供！」我說，「如果不招，我就把你們關在這裡，像貓狗一樣。兩個都是！

可能關上幾天或幾星期。我一點也不介意。」

「你不敢！」

「試試看！」

我拿起第二把槍，走進書房。我立刻找到了我要的：寬膠帶。回來時，能講話的那個人還在胡言亂語。我不能容忍。我把兩片膠帶貼到他嘴上，讓他閉嘴。然後我用膠帶纏住他腳踝，他的行動範圍被大幅限縮，讓我能安心在家裡走動。

我正要走開時，覺得兔毛手銬不太可靠，又綁了些膠帶在他手腕上。我評估工作成果：嗯，看起來順眼又完全牢靠。

太陽快出來了，我也餓了。我胃裡美味的梨子蛋糕已經一點也不剩。

「你們兩個給我躺在那兒，乖乖的。要是你們決定招供，我就在附近……」

我眞傻。他們嘴上貼了膠帶。

「最後一句取消。反正，我就在附近。」

我已經吃光了澎澎貢獻的早餐。現在用橄欖油炒蔬菜嫌太早，又沒有蛋糕、芝麻捲餅或麵包剩下。我決定做個吐司、果醬和雙分起司蛋捲的傳統早餐……或水煮蛋比較好？對，水煮比較好。

邊烤麵包邊煮蛋。我得不時檢查我的客人，很難說他們會做出什麼事。我來回走動，從廚房到臥室，他們並肩躺在臥室，像兩袋馬鈴薯。我需要來點音樂，安靜到不會干擾鄰居，又吵鬧到足以掩蓋咕噥與呻吟聲。此外，音樂是我晨間儀式的一部分。韓德爾最棒了，但是旋律優美的巴洛克協奏曲絕對掩不住我對他們的吼叫聲，或許，連打碎家具聲都蓋不過。我的目光落在達絲蒂

（英國流行女歌手Dusty Springfield）的雙片裝專輯《Something Special》。我好久沒聽了。我一定很想念它，因爲我馬上就放來聽。

這次我勉強在麵包烤焦前從迷你烤箱裡搶救出來。味道好極了。我把煎蛋和茶放在大托盤，端到臥室。一切沒變，除了他們似乎有點飢餓地打量托盤。

「準備好招供的話通知我。」我說，「你們會有東西吃，還可以獲釋。」

我每次聽〈What Are You Doing For the Rest of Your Life?〉總是很感動。多美妙的聲音啊。純粹的情感，不裝腔作勢。這是我最愛的達絲蒂作品，還有〈The Windmills of Your Mind〉。手拿塗著橘子果醬的烤麵包，我走過去再放一遍。沒有人寫的民謠勝過米榭・李葛蘭，或許伯特・巴克瑞克和米歇爾・貝傑算是例外。

很久以前我曾經送過一捲自認很有意義的集錦卡帶給某人，裡面收錄這首歌的所有版本。歌詞「你下半輩子要做什麼……我對你的人生只有一個要求，就是跟我一起度過……」似乎完美容納了我的所有希望與夢想。那個白癡認爲這首歌太「沉重」，把卡帶轉送別人。可想而知，那是我們戀情的終點。

我的回憶之旅隨著早餐結束。把托盤端回廚房途中，我用腳頂了啞巴一下。

「我知道你不能講話，但我可以給你紙筆。你朋友太豬頭了，考慮一下！」

我好想慢慢洗個澡，看看聖戰2000寄的檔案，早上九點準時跑到銀行去看保險箱裡有什麼。雖然我有很多時間，我不敢丟下我的客人。沒錯，他們都被綑綁塞嘴，即使如此還是不放心。

我需要有人替我看住他們。澎澎會馬上趕來，但她會恐慌；我可以找哈山，他是冷靜的人。

但他已經有自己的麻煩，把他扯進這件事不太好。我決定找依佩坦。她很強壯，可靠又大膽到有點魯莽的程度。而且她喜歡做這種事。

我毫不猶豫立刻打給她，尤其明知她還醒著。她第二聲鈴響就接了。不須多說細節。我只告訴她我需要她。

「遵命，主人。」她說，「給我十分鐘飛到你身邊，老公！」

依佩坦眞是個開心果，她總是有辦法逗我笑。

會講話的囚犯開始蠕動。

「怎麼了？」我問，「要招了？」

他眨眼。

我跪到他身邊，一個敏捷動作撕掉膠帶。就像鬍子的熱蠟除毛。我想要親手讓他停止吼叫。

「眞抱歉。」我說，「我很清楚這會有多痛……」

「總有一天我會討回來。」他低聲說。

「當然了。到時候再說吧。現在，你任我擺布。所以招吧。」

「我沒什麼好說的。」他說，「我要尿尿。」

我愣住。

「什麼？」

「我得上廁所，或者你要我尿在地上？」

我沒料到這招。電影或書上從來沒有這種事，所以我不知道怎麼處理。我想了一下。

「我不會放開你。」

「那你要我怎麼辦，尿在這裡？」

不，我不想讓他尿在我的臥室，在我的淡粉紅色地毯上。

「聽著，鬆開我的腳，你可以陪我走到浴室。」

聽起來似乎是個好主意。

我走去拿槍。我把膠帶纏在他的褲腳，而非皮膚上。我可不想幫他的腿除毛。

「慢慢來，你無法想像亂來的後果……」

「我知道你的能耐……」

我撐著他腋下，扶他站起來。他全身重量倚著我，我差點站不穩。雖然時候很晚又經過一番搏鬥，他身上仍有微弱的刮鬍水氣味。

我用槍抵著他背後，跟他走到浴室。

「呃，你自己來吧！」我說。

他一側臉頰瘀青，另一側似乎異常蒼白。「你得幫我。」他假笑，「我沒辦法脫褲子。」

這點我也沒想到。

雙手銬在背後，他確實很無助。他不只指望我幫他脫褲子，我還得幫他的老二瞄準馬桶，甚至在他尿完之後幫他抖兩下。

門鈴適時響起。一定是依佩坦。

我猶豫片刻。然後匆忙地解開他皮帶，拉下他的褲子跟白色內褲褪到膝蓋下方。

「你不幫我扶著嗎？」他猥褻地笑著問。我在他瘀青的臉頰上甩個大耳光。

「坐著尿！」我大罵著走去開門。

32

不出所料，是依佩坦。

她站在那兒，笑得合不攏嘴，大眼睛裡充滿好奇。

「我來救你了！」

看她甩一下神力女超人式的大蓬頭就足以恢復冷靜，小姐們個個自以爲符合最新流行趨勢。有的人模仿我的偶像奧黛莉，也有人仍然堅持七○年代的髫鬟芭比階段。但是依佩坦不一樣。她像奴隸般追隨當月號的《哈潑》，從髮型與顏色、裙子長短與搭配附件，直到香水、化妝、指甲長度與指甲油顏色。連浴室裡的洗髮精與香皀都要每個月更新！

我們走進來，我向她敘述概況。

「我要拉屎在他們嘴裡！闖空門是吧，而且還選在三更半夜。你還在療養失戀的情傷呢。眞沒想到！」

「那跟這個有什麼關係……」我說。

「或許無關，或許有！那不是重點。重點是，他們顯然發瘋了。這是社會結構出了問題，眞的。完全是社會學因素。我剛說了邏輯嗎？呃，完全沒道理可言，親愛的！問題就在這裡，我會好好跟他們講理。交給我吧。門格勒醫師（納粹時期在猶太集中營施行殘酷人體實驗的黨衛軍軍醫）跟我比起來差得遠了。」

「親愛的。」我懇求，「別再提了。我現在不想聽。我不認為我受得了。」

「那好吧，老公……畢竟你心情不好。你以為已經過去了，但是沒有，當然。誰能在短短兩天內就拋開那種創傷呢？你說是吧？我是說，看看維吉尼亞．伍爾芙的遭遇。你看過《時時刻刻》。還有其他電影……這是嚴肅的事。沒人能簡單過關。不，永遠會留下傷疤。在內心深處……」

「依佩坦！」

「好啦，好啦！」她嘟嘴說，「如果你邀我過來就是要叫我閉嘴……」

我交給她一把槍。

「你會用嗎？」我問。

「唉唷，我跟大家一樣，服過兵役的。而且我很準。別擔心，老公。」

我告訴她地上那個人是啞巴。

「我會讓他像壓力鍋一樣唱歌。」她捲舌說，「他很快就會伶牙俐齒了……！」

瘀青臉從浴室走出來，褲子纏在腳踝上，踩著企鵝步走到臥室門口。

「恐怕我沒辦法沖水。」他譏諷地道歉。

依佩坦轉頭看著他。

「啊！薩普？你怎麼會在這裡？」

好一陣子，我們三人面面相覷。鴉雀無聲。

「薩普究竟是誰呀？」我終於問，驚訝又有點慌亂。

依佩坦的目光從我轉移到薩普，到他下面那話兒，再回到我臉上。

「呃……」

「你跟他睡過？」我插嘴。

「可以這麼說……」

不是有就是沒有啊。

「所以你們……」我說，槍口垂向地上。突然感覺好沉重。

「嗯哼……」她說，假裝害羞。這無恥的蕩婦。

這下我們都迴避彼此的目光。好尷尬的發展。我叫來幫忙的人竟然是我敵人的馬子。

我們都轉身看著薩普，他開口了。

「你們誰先幫我穿上褲子好嗎？」

依佩坦跑到他身邊，把握機會在他繫腰帶的位置輕吻一下。

「依佩坦！別鬧了！」

「喔，別這樣，其實他是個好孩子。」

她就站在他身邊，手上還拿著槍。好像電影中女主角叛變，投靠邪惡勢力的場面。

「可是他闖入我家，用致命武器攻擊與毆打我。」我反駁，抓緊我的槍揮舞了一下。「而且不願意說是誰派他來的。」

依佩坦往我走了兩步，看了我幾眼，再回去看薩普。沒有比懷疑老朋友更糟糕的了。但是你一旦有了男人，總是忘了友誼。她下定決心。

「誰雇你來的？你會告訴我們，對吧？」她對他說。

「別傻了！」薩普從嘴角低聲說。

「這是什麼回答？」依佩坦問，用手指摸過他頭髮。這不是好跡象，但是採取行動還太早。

「竟然對我這樣說話。還是在我最好的朋友面前……這我無法忍受！」

「你不懂啦！」薩普叫道，「你們都是搞不清楚狀況的呆子！」

「聽著，小子，注意你說誰『呆子』。我要是生氣，那可不得了。我會拉屎在你嘴裡，眞的。我會讓你笑不出來。等我發飆完，你最驕傲的老二也救不了你。聽懂了沒有？」

她把槍抵著薩普的胯下，「喀啦」一聲打開保險，讓人聽了不寒而慄。

這下有趣了。

薩普不打算招供。更糟的是，他態度傲慢。臉上掛著奸笑，還用一大串可能的報復方式威脅我們。我們別無選擇，只好用更多膠帶綁住他的腳踝，注意力轉到啞巴身上。

「如果你不招，我們就修理你。」依佩坦說。

她是認眞的。連我都相信她。

啞巴嚇得睜大眼睛，看著我們。

當然，討厭的薩普拚命勸阻。

「他叫什麼名字？」我問。

「不關你的事，你們又不會結婚。」

薩普似乎認爲正式的介紹必定會走向婚姻。這是今晚他第二次這麼說了。他要不是詞窮又極度缺乏想像力，就是對婚禮有執念。

「抱歉，依佩坦。」我說，狠踢一下薩普的肋骨。他開始惹毛我了。

「聽好，如果你有話要說就搖頭！」

依佩坦跪到啞巴旁邊。

「你要是敢寫一個字，你就死定了。沒人救得了你。我不騙你！」

顯然，薩普挨踢一下並不滿意。依佩坦也沒幫我斥責他。

這時她歪頭示意我跟她走。我們兩人走到廚房，關上門。

「我有個主意。」她低聲說。

很簡單。首先，我們把他們隔離，同時堵住薩普的嘴。他太多嘴。而且他竟然罵我們「兩個蠢娘砲」。我對「蠢」這個字眼絕不容忍。

我們把注射針筒裝滿我有時候用來清洗變色瞳孔片用的生理食鹽水。

依佩坦拿著針筒，走向薩普。

「親愛的，這是自白劑。氟硝西泮。一旦打進你體內，你就會像世界末日似講個不停。連我們不想知道的都說出來。」她說，把針筒舉到他鼻子前面。

當然，生理食鹽水毫無任何藥效，但是作爲安慰劑或許能問出什麼。反正，這也有點科學根據，肯定值得一試。我們分別在薩普和啞巴身上嘗試。只要他們相信我們就夠了。

「我們要注射在哪裡？」我問道。

「打哪裡最痛？」

「我猜，下面那裡吧……」我竊笑說。

薩普在發抖。他脖子上青筋暴露，眼睛瞪得像餐盤一樣大。我忍住笑意。

「脫了他的褲子，讓我來。」依佩坦說。

薩普掙扎想逃，但是失敗。我們綁得很牢。我設法脫下他的長褲和內褲，抓住他的腰讓他無法亂動。

「看這邊。」依佩坦說，「如果你這樣亂動，針頭會折斷在你的老二裡面。所以躺好別動，達令。不然就招供……」

咱們薩普是個高壯的人，典型的軍人體格。但是針一刺進他的老二他就嚇暈了。我可以用冷水澆醒他，但是判斷打耳光也會有用。

「大笨蛋，快醒醒！」我叫道，「我們還沒開始呢！你會錯過好戲！」

我只能想像他內心累積的咒罵與威脅，但他的嘴被封住了。水汪汪的眼睛變得呆滯，毫無光彩。我們好像終於奏效了。

「我問你最後一次。」依佩坦說，用針戳一下他的老二，「你願意招供嗎？」

薩普點頭。

我很樂意地撕掉他嘴上的膠帶，順便再次拔掉一些鬍鬚。他眼中閃現怒火。

他咬牙切齒，說出了名字。

「妮梅特女士。」說完他又昏迷了。

33

咱們剛過世的高利貸業者法魯克・哈諾格魯之妻，出身富裕世家，素有絕對保守派名聲的傳統女性。她的名字正是妮梅特・哈諾格魯！人生充滿驚訝，莫此爲甚。賢妻良母妮梅特・哈諾格魯派了兩個歹徒來找我。我在這裡拚命搶救我的清白和她老公的名譽，她卻派了兩個貧民窟無賴闖入我家！好心總是被當作驢肝肺。

已經天亮。我有事要做，要跑很多地方，見很多人——我的臥室地上還躺了兩個被綑綁、塞嘴的歹徒。我感覺像忙得沒空剔牙的企業主管。

我充滿活力，洗澡，迅速刮了鬍子（兩次），化好淡妝。同時，依佩坦端著一大杯咖啡牛奶，一把槍，一罐辣椒噴霧，坐在電視機前觀賞從我的DVD收藏挑選的《同志亦凡人》影集。

薩普跟啞巴被拖了出來，但仍在視線範圍。薩普還沒醒過來，啞巴還在發抖。

天氣晴朗，我精神抖擻。我決定穿粉彩色。我很興奮終於有望查出謀殺案的眞相。我穿上最可愛的米色褲裝，立領衣服上綁一條粉紅與黃色的愛馬仕絲巾，再戴上幾乎垂到腰部的假金項鍊。七〇年代風格復活。加上寬邊帽我就會變成一九六八年原版《天羅地網》裡的費唐娜薇形象。擦點香奈兒五號香水，我準備就緒。

每次拿起香奈兒香水瓶，我總會想起舊廣告裡凱薩琳・丹妮芙的高貴冷豔姿態，然後想起瑪麗蓮夢露被問到上床穿什麼時回答，「兩滴香奈兒五號」。

我忽然感覺好像夢露、丹妮芙、唐娜薇和奧黛莉融爲一體。有點令人不安。這麼罕見的美麗高雅大融合可能太張揚了。我決定摘下帽子。

「嘿老公，你爲什麼丟掉頭上的托盤？」

「唉唷，依佩坦，看你的DVD啦。裡面有很可愛的演員。」我說。

「我無法專心，我得看管他們……」

她用大腳趾指著薩普和啞巴。

等我回家必須看看聖戰2000的e-mail，我決心在銀行一開門就去看保險箱。

在依佩坦的鷹眼注視下，我反覆檢查口袋確保沒有忘記帶保險箱鑰匙。她一個字也沒說，只是看著。有時候堅定的眼神比一大串精心措詞的話語更加令人不安。

我提醒依佩坦，要她承諾會上好門栓，在我回家之前別讓任何陌生人進來。

「別擔心，老公。」我關門之後她在我背後喊，無疑掛著詭異的笑容。

我興奮得忘了叫計程車，得走到大馬路上攔一輛。

沃坎的保險箱在希斯利區一家大型分行，總是很多人。以前我去過幾次，所以直接去找副理。我發現雖然再三斟酌，我太盛裝打扮了，但我對香奈兒五號有足夠信心，可以坐到她面前。

她臉頰豐腴，又誤以爲極簡化妝與亂髮可以讓她顯得年輕一點，期待地對我微笑。我用貴婦的語氣說明來意，補充說我有點趕時間。

「夫人，請稍候。」她說。

我以爲她會要求身分證，但她只撥了個號碼。對方一定立刻就接聽了。

「我們等待的客人來了。」她說。

「什麼意思？」我暗忖。等待的客人？我？誰在等我？我昨天才曉得有鑰匙存在。瘋子歐坎不會有膽告訴別人。他不會。絕不可能。

我臉色肯定像紙一樣白，希望我的化妝足以掩飾。我屏住呼吸等待。或許我只是喘不過氣來？總之，我僵住了。我思索每個最糟的情境演變，但還是無法想像那通電話是打給誰。

副理繼續對我親切地微笑。我觀察她的眼神和表情。沒有好奇、興奮或擔憂……什麼也沒有。她戴著跟剛才同樣愉悅的假面具面對我。

不久，總經理還是董事長走了進來，或許更糟，我會被秘密帶走。甚至警察可能出現，或者國家情報局的幹員。左右押著上手銬，我會被盤問姓名，我出生時的男性本名。我會被徹底羞辱。永遠無法恢復奧黛莉赫本的風采。

或許我可以反擊？那要看是誰出來面對我。我會毫不猶豫打倒普通的銀行保全……但是警察、情報局呢？

我可以馬上逃走，一瞬間逃到街上。如果有人想攔住我，一定會有，我會拚老命：合氣道、泰拳，瘋狂地一陣拳打腳踢外加打耳光。

我的腦子在動，但身體僵硬。一根手指也動不了。眞的！我試過……我試著移動放在桌上的手。沒動靜。我大腦送出的訊號沒有反應。我石化了。或癱瘓了，或許。

我聽不見任何聲音，鴉雀無聲。時鐘凍結，時間靜止。當然沒人能靜止不動也不呼吸這麼久。但我就是這樣，坐我對面的女人也沒呼吸。

電話響了，響個不停。爲什麼沒人接？

我測試自己能不能想起賽錫克的電話號碼。可以。如果事態惡化到極點，我可以再依賴他。

反正，他們不能只因爲我持有一把鑰匙就囚禁我或刑求我。

「夫人，請跟我來。」她站起來，她的絲綢裙子和名牌絲巾證實了她的副理職位。

她繞過辦公桌，停在我面前。

我跟著她走出門。我似乎忘了怎麼像貴婦走路，改用小時候哥哥教我的跳步前進。經理辦公室似乎很遠。我們走了好久。其他顧客都停下來看我們，眼中充滿恐懼、好奇、驚訝，甚至有點同情。

經理辦公室果然寬敞又有很酷的現代化裝潢。沒有警察或保鏢。我放鬆下來，正常呼吸。但我臉色一定很難看。

經理在辦公桌後起身，走過來跟我握手。他一定有督察員的背景。下巴向前伸，架勢十足，伸出來的手位置也高於常人。

「您是死者的近親嗎？」他問道，顯然出於義務而非眞正的關心或同情。

「呃，不是。」我說，「我是他朋友……」

「您一定了解，取回保險箱內容物品的申請表必須由遺囑執行人、遺產律師或死者的近親提出……」

他看我的表情彷彿他是爲了我解開全宇宙的秘密。

「您一定也知道我們面對著很不尋常的情況，保險箱鑰匙持有人的死因不是我們通常認定的……自然因素。」

「所以呢？」我問。

「然而，如果您能證明您是執行人或近親，我們或許能特殊安排。否則，我們恐怕愛莫能助。」

微笑的副理閉上她的眼睛點頭附和。

「此外，我們知道目前正在進行犯罪調查。」

「那麼，警方應該來看看。你說是吧？」我問。

「除非您擁有文件證明關係……」

「我沒有。」我說，「我又不是他老婆女友之類的。」

「是，看得出來。」他平淡地回答。

通常我會感覺受傷，但是此刻我一點也不在乎。

「那麼。」我說，「當然，你通知警方了？」

「還沒……」

「爲什麼沒有？」我追問，「就我所知，這種情況下應該立即通知警方。」

「因爲涉及某些……敏感性。」他小心地措辭繼續說，「無論什麼情況，我們盡一切努力，保護我們顧客的利益……」

「嗯。」我說，並盡力抬高左邊眉毛。「但是我有鑰匙。」

「恐怕那無關緊要。」

開朗的副理只會當橡皮圖章附和她老闆的每一句話。照例，她閉上眼睛點頭確認。她可能臉部表情、笑容和頭部動作都有限，各自適用於特定情況。

我們互相打量。我上下看著他們，他們也同樣看著我。三人都非常冷靜。我們仍在觀察與評估的初期階段。

我已經不容回頭。否則我絕對不會原諒自己。我暗自構思各種選擇：

(A)放棄，回家。

(B)試著討價還價。畢竟，他們似乎也預期這樣。

(C)把警方扯進來。意思是，向賽錫克求助強行打開保險箱。

(D)等他們先出招，到時再決定怎麼行動。

「以上皆是」或「以上皆非」都不是選項。這些選項我都不滿意，但我決定選「D」，在最後一秒鐘又改成「B」。

我的自信回來了，還有我的時尚感。我坐下來翹起腿。

「那麼，我該怎麼辦？」我問。

扮演笨女人通常有用，但是，因爲當過督察員的背景，這位經理比想像中更難搞。

「容我提供您一些飲料。」他說，「請坐……」

我已經坐著，我只看著他。

開朗小姐坐到我對面的扶手椅，經理也坐到他辦公桌後面的高背皮椅。

「您要點什麼？來杯土耳其咖啡？」

「請不要加糖。」我說。

副理打電話叫人送飲料。

「我也要一杯，古班女士。」

原來這是副理的名字，她自己也點了杯中甜的土耳其咖啡。

等咖啡送來的短暫空檔我們聊了天氣。打雜小弟拿著空托盤一離開房間，經理言歸正傳。

「您不是唯一對沃坎先生的保險箱有興趣的人。」

「你是指警方嗎？」

這次古班女士閉著眼睛，左右搖頭。

「我說的這個人。」他繼續說，喝了第一口咖啡發出呼嚕聲，證明他的格調不高，「是我們最重視的顧客之一。」

我失去耐性，丟出想到的第一個人名。

「妮梅特．哈諾格魯？」

親愛的古班瞇起眼睛，但是頭靜止不動。要不是心不在焉的證實，就是她在最後一刻忍住了本能的附和動作。

「您認識她？」

「算是吧。」我說，想起她派來的人。無疑，他們還躺在我家地上。

「你有何建議呢？」我忽然問。

他們沒料到我這麼直接，但是一點反應也沒有，只交換了個眼色。再笨的人也看得出無論如何，他們是一夥的。

「我們可以邀請她過來……」

「她來不來有什麼差別？」我固執地裝傻說，「她是執行人嗎？」

他們又交換眼色，同時尋思最佳回應。我不得不誇獎他們：不必說一個字，一個聲音，甚至太多臉部表情，就能順暢地互相溝通。

他們達成協議。經理露出同情的表情，轉向我。

「或許我們幫得上忙，只要允許妮梅特女士先打開……」

「不過那樣是詐欺……」我說。

他保持微笑。沒錯，他是冷靜的人。了不起。

「特殊客戶值得特殊待遇，我希望您能諒解。」

「嗯，我當然能。」我微笑說，「而我也能很快加入『特殊』的行列？」

他笑得更開了。

「想當然爾，您懷疑嗎？」

「呃，如果我決定提出投訴呢？我可以報警，或叫他們打開保險箱。」

「您當然可以。」他說，「但未必符合您的最佳利益。我們都知道……某些後續發展。您最好重新考慮一下。」

原來，備受敬重的妮梅特女士扮演了經理與副理的某種女金主。他們拿了她的好處。爲了拿到鑰匙，她不只派出惡棍，也打點好了如果我來到銀行，他們會阻止我。

如果叫警察來，我不知道賽錫克能否保護我。我不能冒險。況且，前幾個案子我都很順利，這次我卻是嫌犯——或至少受到懷疑。

如果妮梅特女士來了，至少箱子會打開，而我也能順便看看。但我無法得知妮梅特和她的銀行走狗會允許我看到多少。我人單勢孤，相當失落。要是有人能支持我、鼓勵我、給我力量就好了。但是沒人啊！

經理打破沉默。

「那麼，夫人，怎麼樣呢？您一定清楚您不是這鑰匙的正當持有人。」

我不理會他隱晦的威脅，反正他們又不能從我手上搶走。至少不能在充滿顧客的銀行裡。

「這也不屬於妮梅特女士。」我說。

他假裝微笑，但他銳利的眼神繼續刺穿我。

34

有時候我的魯莽連自己都嚇到。我竟然同意了等妮梅特．哈諾格魯過來打開保險箱，我到底在想什麼呢？

電話聯繫她，禮貌地請她移駕。他們又給了我一杯土耳其咖啡。古班甚至提議讓總機的妮克拉女士幫我看咖啡渣算命，向我保證她一向很靈。顯然，妮梅特女士短時間內不會現身。

我的胃承受不了第二杯咖啡，但是我喜歡算命的主意。

「或許晚點吧。」我說。

經理跟我在各自座位上緊張等待。古班在辦公室進進出出，無疑自我想像在「掌握最新狀況」。經理望著桌上的電腦螢幕，假裝忙碌。騙不了我。等待戰術想必對他同樣難熬。

我想最好想些快樂的事情解悶。我從頭到尾回想奧黛莉赫本的電影作品，再倒回來。然後我從她的搭檔男星挑選最喜歡的。雖然早已過了巔峰時期，要跟年輕的奧黛莉對戲很緊張，開拍前最後一刻還去拉皮，但傳奇的賈利古柏仍是第一名。畢竟，他有塔露拉．班克海的認證，她宣稱「我去好萊塢的唯一理由是跟神聖的賈利古柏上床，順便拍那部怪片。」他搭檔過的所有女星，從英格麗褒曼到派翠西亞尼爾都為他傾倒。我有什麼資格批評他？對，榜首絕對是賈利古柏。

然後是不幸選角錯誤的《恩怨情天》裡的畢蘭卡斯特。他的健美體格加上硬漢形象，還有在網路上流傳令人垂涎的裸照，讓老畢贏得了亞軍。

我立刻想到榜尾是《窈窕淑女》裡的雷克斯．哈里遜，《盲女驚魂記》的艾倫．亞金與《儷人行》的亞伯特．芬尼。

現在我必須從葛雷哥萊．畢克、卡萊．葛倫、彼得．奧圖與威廉．荷頓之中挑選，荷頓搭檔了兩次，第一次是年輕人，第二次是中年人。喬治．佩帕德在《第凡內早餐》還不錯，但他對我來說太平淡了。接著是她老公梅爾．費勒在《戰爭與和平》裡演的狄托，還有《綠廈》裡的安東尼．柏金斯。

妮梅特．哈諾格魯怎麼這麼慢？我們還得等多久？

「您確定不要再來一杯咖啡嗎？」經理問。

我決定咖啡渣算命是殺時間的最佳辦法。

「不加糖，對嗎？」他詢問。

所以，除了外表好看，他對細節的記性也很好。

妮梅特．哈諾格魯跟我的咖啡同時抵達。這是我第一次見到她本人。她正如別人的形容：自信的中年女人，她站姿筆直，無疑眼神也很果敢。女人越老越難猜測她的年齡：我猜她大約五十歲。雖然她沒化妝，灰髮盤成一個壯觀的包頭。首飾只有一枚戒指和一個項鍊墜子，但是都很別緻。乍看之下她的訂製套裝顯得格外簡單，其實是用昂貴布料精心剪裁。她看來好像趕赴英國女王茶會的貴族。

瞄我一眼之後，她跟經理與古班握手。然後我們被正式介紹。

「你好，妮梅特．哈諾格魯。我是法魯克先生的妻子。」

連她的握手都顯示出個性的力量。

她坐到對面的椅子，打量我。我也一樣。她的肌膚白裡透紅完美無瑕。

我把咖啡讓給她。改天再算命吧。反正，事情不照預期發展會讓我生氣，通常計畫趕不上變化。

「我聽說您持有沃坎先生的保險箱鑰匙……」她開口。

她聲音低沉，有種若有似無的腔調暗示她不是在外國受教育就是出身自安那托利亞。

「是的。」我微笑。

「我不知道您跟沃坎先生的確實關係，但我猜想保險箱裡的物品可能有助於釐清關於外子之死的可疑情況，還有他面對殺害沃坎先生的指控。所以我想先看看，這是我的家族第一次遭遇這種事，我們希望立刻解開這個疑惑。」

這完全出乎我的預料。

她一定察覺了我的驚訝，又繼續說。

「呃，我不認識您。但是我希望您知道這一點：外子絕對不會涉及這種不名譽的行爲。他或許有可疑的生意，但一向是金融性質。不像這樣。我的家人和我不會……也不能……允許我們的名聲被玷汙。無論多麼令人不齒，一切都必須查明。我必須知道。不計代價。無論會多麼痛苦。我已經做好最壞的心理準備……」

「警方。」我裝傻說，「正在調查。過兩天，他們就會破案。」

她苦笑。

「別忘了，這裡是土耳其。」她說，「殺害孟蘇（名作家兼記者Uğur Mumcu）、依佩希（記者兼人權運動領袖Abdi İpekçi）和雨索克（記者兼女權運動者Bahriye Üçok）的凶手都逍遙法外。我的家族不會允許外子的命案淪爲八卦報紙的話題。那不是我們的作風。」

「呃，萬一裡面的東西牽連到尊夫和您的家族。你會怎麼辦？」

這次，笑容帶著怒意。

「您不認識我，所以您的疑惑完全可以理解。我已經解釋過，就在這銀行裡，我就爲了您再說一遍。我的家族來自奇里斯，在當地有點影響力。我嫁給法魯克是我們幼年就安排好的。我被教養成他的配偶，送到瑞士最好的學校，訓練成完美的妻子。我的正義感很強。我不拐彎抹角。我沒什麼見不得人的，也沒什麼不敢說明的事。向來如此，往後也一樣……我曾經敬畏眞主，唯有眞主。現在不了。如果祂想要，可以拿走我的靈魂。就這樣。」

我聽著忍不住微笑。

「我愛法魯克。尊敬他。他對我也一樣。我們結婚了廿四年。夫妻總是以爲他們了解自己的伴侶。我相信我了解法魯克……不，不是『相信』，我確定我了解他。對，我徹頭徹尾了解他，他能做什麼，不能做什麼。媒體上那些惡意謠言暗示跟一個低等人渣的關係都是假的。最糟糕的捏造。他要有最佳演技才騙得了我這麼多年，他可不是演員。但如果我錯了，如果他欺騙了我和家人這麼久，我必須知道。採取對應行動。」

「你說得對。」我說。

「我一直想著這些問題，我連哀悼他的機會也沒有。我一滴眼淚也沒掉。我從小就認識的人，我同床共枕廿四年的人，隨時在我身邊的人，絕對不可能像他們說的那樣。這不可能。我太了解他了。」

她眼眶濕了。我們都默默看著。

她沒哭，只閉上眼睛抬起眉毛片刻，彷彿她只是在伸展臉部肌肉。當她重新睜開眼，她恢復鐵娘子模式。

「我很了解他。」她重複說，「如果我說我們像朋友，或許你比較容易理解。我生平最好的朋友。那很重要。沒有伴侶感，婚姻就會枯萎死亡。我們從來不是自由戀愛，但我們一起長大互相尊重。有些事情或許隱晦不說，我現在記不起來。但我可以摸著良心老實告訴你，我們共通點很多。我失去了一個朋友，寶貴的朋友。你能理解這是什麼意思嗎？」

我想安慰她說我懂，她深深影響了我。她的措詞或許傳統；她的堅強與誠懇感動了我。

「我想我能……」我說。

「他不是會自殺的人。他充滿活力，他不外向；但他以自己的方式充滿活力。他們誣陷他的那些罪行，他做不出來。我說過，我很了解他，就像我了解自己。我完全信任他。」

「那麼他們呢？」我指指兩個銀行員說。

「我從沃坎先生的弟弟得知保險箱的事。我認識內賈特先生很多年。他好心同意協助我。」

內賈特先生被提到時，驕傲地在座位上動了動。

「不客氣。」他咕噥說。

「法魯克先生跟我認識內賈特先生許多年。我們互相幫忙。當然，是在財務方面。有些人值得信賴。內賈特先生就是這種人。」

內賈特先生又念念有詞。

她挺有魅力的。她的蜂蜜色大眼睛很正直，她似乎很誠實。令人尊重。她甚至有點像晚年的英格麗褒曼，穿著套裝誘惑尤蒙頓與安東尼昆的褒曼……

「我必須知道誰在幕後主使，法魯克怎麼死的，他爲何被指控謀殺，誰在誹謗他。他的朋友和敵人一樣多，但這些……殺人指控……太過分了。我無法再忍受……」

「所以你眞的想查清楚這一切？」我問。

「當然。」她睁大眼睛說。

「那你爲什麼派兩個武裝男子闖入我家？還在三更半夜？」

她抬起眉毛，輪流看著我、經理和副理。最後，她的目光停在我身上。

這時她很堅定。「嗯，我仍然懷疑你的眞正意圖。如同我懷疑沃坎先生的弟弟。」

她質疑地看著我，一邊眉毛回到原位，左邊的仍然抬高。

如果這是演戲，她就是個巨星。

「你以爲我是誰？」我問。

「我不知道。」她說，「我是第一次見到你。但是歐坎先生企圖勒索我們，而你拿走了他的鑰匙。我該下什麼結論？」

原來歐坎宣稱他們曾經『幫忙』是這個意思，他以爲我也想分一杯羹。眞蠢。我笑了出來。

他們三人不解地望著我。

「完全不是那麼回事。」我說，解釋了我取得鑰匙的理由和經過。可想而知，我盡量不提我爲何被捲入這個案子，還有我和聖戰2000的駭客工作。

「那麼，我們一起打開吧。」她說。

「只要沒有東西落入壞人手裡，我不反對。」我同意。

內賈特和古班帶路到金庫，妮梅特女士和我尾隨。我沒忘記綁在我臥室裡的歹徒，我必須聯絡依佩坦通知她。其實，最好是安排薩普和妮梅特女士當面對質。

我們省略了填表驗證件的正式手續，很快來到第一七〇號大型保險箱前。古班以輕快專業的姿態插入雙重鑰匙的第一把，輪到我們了，也就是我。

我像個業餘演員揣摩角色，意有所指地回頭看看他們。

妮梅特．哈諾格魯在我上前時要求內賈特和古班迴避。

他們都很敬畏服務的對象，二話不說離開，在門外等候。換成我就會忍不住頻頻偷窺。

妮梅特跟我眼神交會。我在她眼中看到傲慢、祈求、好奇、同情，甚至有點無助——意思是，她百感交集。她的眼睛好美啊！那個表情讓我們對彼此的猜疑蒸發。我打開包包拿出鑰匙。

我以為生平第一次打開銀行保險箱會很興奮。但我沒什麼感覺。

我小心翼翼插入鑰匙，轉動。拉一下箱子。打不開。我再試一次。

妮梅特冷靜地伸手過來轉動銀行提供的第二把鑰匙。開了。

我們看著箱子裡的東西，兩人都遲疑沒有先行動。

35

我越了解妮梅特，對她越是尊敬與仰慕。我忍不住喜歡上她。她有種能撫慰人心的氣息，她直視著我的眼睛說話，她所說的一切都得體又非常合理。我最愛的小學老師妮哈爾女士碰巧長得也有點像英格麗褒曼，這當然也有影響。

我們迅速檢視了沃坎．薩里多干保險箱取出的所有東西，全部帶走以便稍後檢查。

我們一起搭上妮梅特的車。我不希望冒險，建議直接去我家。反正，哈諾格魯家還在舉喪，會有很多訪客。我也急著擺脫薩普和啞巴，解除依佩坦的任務。同時也該看看聖戰2000寄給我的檔案。

「好吧，我們就先到府上，我有話跟薩普說。但是我已經造成您太多麻煩了。到我家去看文件吧。我會安排泡茶和咖啡，弄一點吃的。」

考慮我家冰箱的庫存狀態，這時肯定已經完全被依佩坦清空了，我懂她的意思。她有一大家子傭人。我也想再看看白天的美景。

「可是你的訪客怎麼辦？」我問。

「重要的人都已經致哀過了。其餘的無所謂。在這種時候，你才知道誰是真正的朋友。有的迴避你，有的忽然生病，有的在國外有急事要辦……壞事傳千里，沒錯！」

她苦笑一下，轉頭看著窗外片刻。

「抱歉。我感覺不太舒服。」她說，語氣跟歇斯底里的大笑或大哭只有一線之隔。

我給她一點時間整理心情。

「你有電腦嗎？」我問。

「當然。」她說，「家裡有很多……」

「我有些電腦檔案必須隨身帶著。」

我沒告訴她這些檔案跟她丈夫的生意有關，但我暗示或許會派上用場。

「當然，當然……沒問題。」

「當然」似乎是她的口頭禪，一有機會就說。

我們踏入我家，所有人都嚇了一大跳。

依佩坦仍坐在電視機前，但是《同志亦凡人》換成了A片。兩個毛茸茸的壯漢正在演出「給錢鏡頭」（射精場面）。她盤著雙腿坐在地上，裸體！左右兩邊是她的俘虜，內褲都被脫到腳踝。她的雙手抓著東西正在忙著運動。

這實在太荒唐了。那兩個男人看見妮梅特和我走進來，連忙趴下隱藏他們的私處，白色內褲在空中晃動。依佩坦開始結結巴巴地解釋。

「我只是……好玩……模仿影片。」

妮梅特沉默靜立，觀察眼前的場面。依佩坦一手遮著胯下，另一手遮胸，擠出一句「你好」跟心虛的笑容，只讓她顯得更加可笑。

「很抱歉。」我說，跳到妮梅特前面。

「不用介意。」

「容我介紹。這是我朋友，依佩坦。她負責看守你的手下。這位是妮梅特女士。妮梅特．哈諾格魯。」

依佩坦沒有起身，伸出右手，原本遮胸那隻手。

「幸會。」

這是謊話。連依佩坦看到這種醜態也會尷尬。沒什麼好幸會的。別的不說，她並沒有盡看守的職責。

他們握手。

「把袍子遞給我好嗎，老公？」

「袍子」是指我在穿的澎澎睡袍；「老公」，當然就是我囉。

「跟我來。」我說，挽著妮梅特的手臂帶她進書房。我不知道她有沒有回頭多看一眼。我在前面。我打開電腦。

「大概要花五分鐘。」我說。

「好，沒問題。」

「要喝什麼嗎？」

「不用，謝謝。」

我暫時告退，衝回客廳。依佩坦已經穿上睡袍，正忙著穿好囚犯的內褲，對被綑綁塞嘴的成人來說可不容易。

我幫忙，扶薩普站起來讓她拉好他的內褲。

「對不起，老公……你去了好久，我想不如看個新影片……然後我心血來潮……這麼多男人……這裡就有兩個，隨我擺布……我以爲會很好玩……」

「我懂。」我說，「別在意，算了吧。」

「我只希望你不要誤會，所以……」

「我說過，算了。已經發生就發生了。」

「說你會原諒我。否則我受不了。我會失眠至少三天。」

「好啦，唉唷。」我差點吼出來，「沒什麼好原諒的，只是有點尷尬而已。」

她雙手擁抱，給我一個大大的吻。

「我也很尷尬。」她說，「就把這當作我們的小秘密，不要告訴別人！」

「一言爲定。」我同意。然後我結束這個話題說，「即使我說了，誰會相信？」

她愣住，然後懂了我說的意思露出微笑。

「快點。」我指著啞巴說，「幫他穿好衣服。」

「馬上好，老公！」她說，立刻動手。

薩普狠狠瞪著我。

我走到他身邊對他耳語。

「你看到了，妮梅特女士在這裡。你們的工作結束了。完成了！如果你洩漏一個字，我會告訴大家我怎麼痛扁你，你在這一行就別混了。有必要的話，我會把你的老二扯下來塞進你喉嚨。」

爲了說明我的威脅，我伸手到下面抓住他。

「把這副表情收起來，給我笑一個。」

他的額頭似乎在抽動，他或許企圖微笑。我撕掉他嘴上的膠帶，順便拔掉這一天內長出來的鬍鬚。

「臭婊子！」他罵道。

他的手腳仍被綁著。我又抓住他，這次更用力捏。

「我看你沒聽懂……」

他很痛苦。這下他懂了，否則他不會咬牙切齒不發一語。

「很好。」我說，「這樣才乖。」

回去找妮梅特之前，我指示依佩坦放開他的腳，但仍然要銬住雙手。

「不好意思。」我走進書房對妮梅特說，「他們措手不及。」

「沒關係。」她保持禮貌說。我不確定她的意思，但很明顯她急著結束這個話題。

我坐在電腦前，開始拷貝聖戰2000的檔案到光碟。一大個虛擬花束出現在每個檔案上。紅色康乃馨，黃白色劍蘭，裝了紫色、粉紅與深紅色菖蒲的大花籃。最後一個檔案出現一束紅玫瑰，上面寫著：「謝謝，凱末爾」。我好感動。

「好了。」我說，努力微笑假裝臥室那些事從未發生。「你想要的話我們隨時可以走。」

妮梅特跟薩普與共犯講話時，我擦掉手槍上的指紋。我不能讓薩普拿它去射別人再栽贓給我。還是小心為妙。

歹徒們被打發走。依佩坦進來道別，恢復原來的時髦打扮。她雙手抓著妮梅特的手，再次道歉。

「薩普跟我是老交情了，所以……」她不必要地解釋。我猜想薩普不會再接到妮梅特的委託了，無論依佩坦有什麼藉口。

「沒關係。眞的，忘了吧。」她臉紅了。

她的司機和車子在大樓門外等著，我們走近時車門自動打開。蜿蜒穿過希哈吉爾區陡峭狹窄的街道放下依佩坦之後，我們直奔海岸路到葉尼柯伊區。

途中，我們研究保險箱裡的東西。沃坎似乎偏執地收集了他拿得到的一切。每個客戶還有各自獨立的信封，裡面有電話號碼、停車收據、飯店發票、性偏好與怪癖的摘要，甚至有幾張照片。不知何故，妮梅特迅速略過照片，主要專注在各種文件。有的信封裡只有一張名片，也有的塞滿銀行匯款收據。我不知道我們在找什麼，所以忙著看照片，尤其那些有錢名人的醜態。妮梅特似乎知道她要找什麼。她略過一些信封，有時細看某些信封裡面每樣文件的每一行。可想而知，有些名字她比我更熟悉。

我觀察到妮梅特瞇起眼睛嘟起嘴唇，搜尋文件動作越來越快。無論她在找什麼，顯然沒找到。

36

哈諾格魯海濱豪宅的樓上房間，比法魯克先生接見過我的那間更壯觀。景觀與古董同樣嘆為觀止。我感覺置身羅亞爾河谷地的古堡。但是話說回來，法國古堡不能眺望博斯普魯斯海峽，海水今天是深藍色，就在眼前。一艘白色蒸汽船駛過。我忍住衝動沒像小孩子對乘客揮手。

「這是你要的電腦！」

妮梅特把一台筆電放在窗前的嬌小寫字桌，桌腳似乎太精緻無法承受筆電的重量。

「呃。」她簡短地說，「請儘管忙您的事，我繼續檢查保險箱的東西。法魯克的帳簿也在這裡。如果有必要，我們再查閱。」

「妮梅特，我希望你稱呼我熟人的『你』。」我說。我故意直呼她名字，加上比較非正式的『你』。她不必知道這是極少人才有的特權。

她對我露出的微笑溫暖又有點令人心痛，完全體現了她目前的身心靈狀態。

「好的。」她說，「但是對我也用常體的『你』吧……」

她打開的櫃子裡放滿筆記簿，名牌又有皮革外包裝的。

「你也猜得到，這些都是機密。但我沒空顧及隱私。我們一起檢查，毀掉必須保密的。」

我打開電腦，邊等待邊猶豫地翻閱其中一本帳簿。工整的筆跡記錄了名字、金額和日期。某些名字旁邊有註記說明：身分，介紹人，疑慮。

妮梅特坐到房間對角一張約瑟芬式貴妃椅。我一直想要一張波爾多絲絨材質的，像她這張。在她背後，一張精緻得像波提且利名畫的百花掛毯從挑高天花板垂下。野花叢中黑森林的空地上站著一位穿淡藍長袍戴圓錐帽的少女，還有三個面貌模糊的獵人。長耳獵犬嘴裡優雅地啣著大翅膀的肉桂色野鳥。背景裡，山頂有座童話式城堡，幾乎透明的白色獨角獸從樹幹後探出頭，眼睛看著少女。

電腦準備好了，我也是。我坐在細長的名牌掛毯椅，載入我的光碟。椅子比外表看起來還舒適。我很快就沉溺在工作中。

「你要吃點什麼嗎？」

我專心時經常忘了吃飯。早餐後已經過了很久，我一點也不餓。但我喜歡這個主意。

「麻煩你。」我說。

「我去看看家裡有什麼。」她說完離開房間。

五十幾歲胸部豐滿的矮胖女佣艾絲拉女士很快送來東西。她拿的巨大托盤上一邊放著幾條肉品冷盤，另一邊是我最愛的美食，什錦雞肉沙拉。盤子中堆著高麗菜肉捲跟橄欖油葡萄葉，加上大量義式餃子。

我們享用遲來的午餐時，問題來了。其實，在當下，我又完全被博斯普魯斯景色迷住，彷彿掠過水面飛到亞洲對岸。

「你爲什麼穿成那樣？」

我愣了半晌，眼睛盯著景色。然後轉過來看她。我故意嚼了一塊雞肉，用力吞下。

「你顯然是男人，爲什麼穿女裝？」

我又嚼了幾下。然後我伸手拿水杯，留意保持微笑。

好像少了點什麼。對，我們需要音樂。輕快的弦樂可以，或是室內樂團。甚至來點低音小調，或許迪恩馬丁。

「因爲我喜歡。」我說。

她不滿意，用懷疑眼光繼續看著我。

「你自認是女人嗎？」

好吧，我們有兩件命案要破，必須合作，但我懷疑她是否就有權利這麼深入又唐突地過問我的私生活。

「有時候……」我說。

「你這樣子多久了？」

「你是說，當變裝者？」

「對……」

「我想很久了，有時我也穿男裝。」

我在說什麼？後面那句聽起來很像辯解。

「如果你不想談這事，就不說了。我只是好奇……」

她繼續吃東西迴避我的目光，她玩弄著一小顆熱餃子。

「我沒認識幾個像你這樣的人，所以……」她說。

我可以大談變裝的哲學與歷史，陳述我對此的觀點和感覺，順便提起許多異性戀男士穿絲襪、高跟鞋、塗指甲油會有快感，更別說有些女性也選擇偶爾穿男裝，包括瑪琳·黛德麗（美國女星）和喬治·桑（法國十九世紀女作家）……但是我懶得說。

亞洲對岸成千上萬的窗戶反射出夕陽的火熱光芒，我默默看著的景色陰影越來越深，每個細節都帶來驚人的安祥感。

聖戰2000很賣力。加上沃坎的文件和法魯克的帳簿，我們比較可以看清全局。妮梅特是有強迫症愛寫筆記的人，使用不同顏色的筆標示放在地上的檔案。

「心智圖法。」她說，「我在瑞士學過。對讀書、組織與解決問題都是很有效的輔助。」

她說得對。我們分析這個複雜的關係網有了重大進展，但還沒找到凶手或動機。

佣人奉命謝絕訪客，也不轉接電話。

休息時間，我打給澎澎，告訴她我在哪裡，不必擔心，然後打給凱末爾和哈山。我長話短說。晚點我會有很多時間分享細節。

「我想喝點白蘭地。」妮梅特在貴妃椅上伸個懶腰說，「有點冷了。來杯白蘭地可以暖身。你要嗎？」

「當然。」我回答。

「你知道嗎。」她說，「這讓我想起學生時代，寄宿學校……只有一群女生和一瓶白蘭地……」

我想擁抱她，我想關懷她，她說或做什麼都不重要。

手捧著裝在水晶杯裡的白蘭地，我們坐在地上，看著編排好加上標籤的檔案和文件。我們交換了一些順序，建立新的關連。外面天黑了。對岸的燈光閃爍，一盞接一盞，船隻開始發光。

我在房間裡踱步。我們從法魯克的花梨木櫃裡拿出了所有帳簿，美麗的地毯被紙張和筆記簿遮住。

「放點音樂來聽吧。」我提議，「對我向來很有效，很有啟發性。」

我忽然想起這家人還在服喪。放音樂會不會失禮？

「當然不會。」她微笑道，「我們要聽什麼？」

不需要問她有什麼，檢視所有收藏清單太花時間了。

「輕柔的。」我說。

「我正好有。等一下。我去臥室拿。這裡是——曾經是——法魯克的休息室。他多半聽土耳其音樂，偶爾聽法國民歌……」

她跑出房間。我回到各自編號、貼上中歐文化典型的工整筆跡所註記的成排文件。

妮梅特一轉眼就回來了。

「你看怎樣？」她問，熱心地遞給我裴高雷西的《聖母悼歌》（*Stabat Mater*）。這是我最愛的版本，泰瑞莎·貝岡莎和米瑞拉·弗蕾妮主唱。

「似乎很合適。」她說，「『哀悼的母親站著……』我們都不是母親，但我在服喪，就像站在十字架旁邊的聖母瑪利亞……」

「當然好。」我說，「你知道嗎，這是我最愛的作品之一。尤其這一版的錄音。」

「真的？」她笑說，此刻她看來年輕了十歲。「我第一次聽到是在瑞士。我太常聽把唱片磨壞。然後我到處找CD。其他版本就是不一樣。總之，我最近才找到這片，好高興。」

我默默跟著唱：「母親站在兒子被釘死的十字架旁，悲傷地哭泣……」

白蘭地，裴高雷西，黃昏暮色……又抽換了幾張紙後，我大叫，「看！在這兒！」

37

快要晚上九點，我們的所有客人都聚集在海濱豪宅的巨大畫室，我毫不懷疑，場面會像克莉絲蒂小說的結局一樣。因爲我們打算如此。

客人抵達時，我們正在地上做最後準備，身體與心理上的準備。我們必須先計畫好要說什麼，何時說，怎麼說，用適當的證詞或文件支持每一項指控。

當然，我們還得考慮服裝。各自迅速洗個澡後，妮梅特和我開始翻找她的衣櫃。意思是說，向我開放她的衣櫃，還有她的心，妮梅特證實了我對她生性慷慨的直覺完全猜中。她選了件簡單的深藍洋裝。無袖，無領。完美合身。輪到我的時候，她本能地指向廣闊衣櫃中存放褶裙和繡花晚禮服的區域。我的目光確實不由自主看著亮片和鴕鳥毛，但是今晚不行。況且，哈魯克·佩克登也會來。我必須克制一點。我選了跟她一樣莊重的套裝：白色高腰YSL長褲和白色絲綢上衣。當然，尺寸太大了一點，所以我搭配寬皮帶。搞定。

賓客名單又長又雜，整理的過程宛如辦婚禮，分成「你的」和「我的」。我堅持找我的局長朋友賽錫克，同樣涉入很深的聖戰2000，還有澎澎，若不邀她一定會發飆。妮梅特選了她的律師哈魯克·佩克登——我怎能拒絕？——他老婆卡儂，也是法魯克的妹妹，加上妮梅特的哥哥希克梅，萬一狀況失控也可以依賴他維持秩序；最後，法魯克的合夥人薩米先生，我還沒見過他。妮梅特說他是猶太社群中的大人物，形容他沉默寡言、拘謹又值得信賴。

我們共通的名單是沃坎的姊夫，濟亞·哥塔斯，派了妮梅特的司機去接他，然後歐坎，由永遠可靠的賽錫克護送他過來。當然，歐坎到哪裡，偉大詩人瑞菲克·阿爾坦也會到。

妮梅特跟我走下去畫室時正好九點鐘。大家都在場也聽過說明。我們計畫了精采的出場，但是澎澎一看到我就跑過來，毀了整個氣氛。

「親愛的！」她說，「這裡到底是怎麼回事？快告訴我。我丟下一切直接過來。我好奇得快死掉了。別這樣對我！快點，馬上跟我說！」

「等到適當的時機。」我冷靜地說。

「唉唷，你什麼意思？」她生氣了，「我不像他們。我得工作，我有秀要準備。」澎澎的話伴隨著一揮手，譴責在場所有不在夜間工作的人。

「不會太久。如果你想要，先坐一下。」我用最冷靜的語氣說。

「如果我不想要呢？」

澎澎雙手叉腰，仰起頭。她的下巴忘了擦粉底。我甚至看到了一點鬍渣的陰影。

我向前傾，對她耳語。她的雙手和下巴降到比較適當的位置。她托著下巴對我眨眼，顯得有點尷尬。

「別鬼叫了。」我補充，「一切都照計畫。我只邀你，因爲我以爲你想要親眼看看。晚點再轉述太花時間了……」

她露出姊妹團結的表情，走回她的椅子。

聖戰2000是唯一賓客們從沒見過的人。當然，他坐在輪椅上。我向妮梅特，然後向其他人介紹他，沒有解釋他爲什麼在場。然後我跟所有人握手，把哈魯克留在最後。

希克梅一點也不像他妹妹妮梅特。他很黑，有靈活聰慧的眼神跟堅定的手勁。他臉頰上有個我們稱作「東方米飯」的傷疤，是個低沉安穩的男中音。我看得出妮梅特爲何堅持找他。賽錫克和妮梅特都在，一個有公權力，另一個是非正式權力，我們很安全。不過，他的視線什麼都不放過，我感覺像被持續監視。

薩米穿著Prince de Galles名牌外套，瘦小又是大禿頭。他的藍眼珠在無框眼鏡的厚鏡片後面顯得更小。他的雙手也很小，又溫暖。我們交換一句「晚安」。他的嘴唇薄到幾乎不存在，我看他像個性急的人。

「很高興能換個方式私下會面。」賽錫克說，他爲這個場合穿了黑西裝。在他心目中，他是菁英中的菁英，他會穿得很得體。他給我友善的擁抱。我只用名字介紹他，沒提他的職銜。原因很明顯，現在提起我們之中有個警察局長還太早。

「請記住你的承諾。」我輕聲對他說，「沒有我的暗號不要出手干涉。」

「我光到這裡就已經超出管轄區，我們都可能因幫凶與教唆被捕。這樣不太對。你應該叫我帶個同事來，你知道這不是我的職權範圍。」他低聲說。

「我有你就夠了。」我捏一下他的手臂，「我只信任你。」

歐坎牽著瑞菲克的手，因爲害怕或尷尬而畏縮。他用誇張的致敬方式，吻妮梅特的手再碰碰他低下來的頭。他根本不握我的手，只冷淡地說聲「你好」。原來，他還沒原諒我昨天打過他。瑞菲克羞怯地看著我。

「希望你沒有白費工夫。」他跟我握手時說，「你會救我的歐坎，是吧？不然我無法承受……」

我還能說什麼？他必須接受，不然能怎樣？

「我相信你……」我走向下一個客人時他又說。

我端出最高雅、最英式的微笑，畢竟這是屬於阿嘉莎．克莉絲蒂的時刻。我被改造成了溫蒂．希勒、凡妮莎．蕾格烈芙、黛安娜．瑞格，還有珍．柏金（皆是英國女星）！

濟亞鬼鬼祟祟地瞇著眼睛左顧右盼，比我印象中矮了點。他坐在最後面的扶手椅，盡量遠離眾人，卻只顯得突兀。我介紹他給妮梅特，我不敢說他看她的眼神稱得上友善。

「你有企圖。」他告訴我，「看看會怎樣吧。」

我在守靈時遇見的諂媚惡棍不見了，變成了駝背、凹頰、黑眼圈的人。

「那個雜種在這裡幹什麼？」他指著歐坎說。

「請保持耐性，先生。」妮梅特插嘴，「我們馬上會解釋。邀您來是有原因的。」

濟亞不習慣這種正式稱呼，低著頭沒說話。

下一個是卡儂．哈諾格魯．佩克登。一樣時尚，一樣高雅。仍然擦了性感的Vera Wang香水。簡單地說，跟我認識她那晚一樣令人火大。我們表演了短暫冷淡的握手。我對她冷淡是出於嫉妒，但她對我到底有什麼不滿？

最後，是哈魯克。我死抓著他的手不放。畢竟，肢體接觸就是肢體接觸。很明顯他影響了我，同樣明顯地是我一點也影響不了他。

「真高興再見到你。」我說。

「是。」他簡短回答。更糟的是，他眼神茫然。這個人沒有感情，沒有靈魂嗎？

妮梅特和我就位。大房間中央放了兩張高背椅，升起火堆，倒影折射到掛在頭頂沉重吊燈的紅寶石與黃水晶墜飾。

我們互看一眼。對，一切就緒。可以開始了。由女主人妮梅特女士先開口。

「今天這麼突然邀請各位過來的理由是我們有重大宣布。如各位所知，法魯克被控謀殺沃坎先生。然後他也在可疑的情況下，在碼頭邊被發現身亡。」

一題到沃坎的名字，濟亞低聲呻吟。瑞菲克捏捏歐坎的手。除此之外，鴉雀無聲，只有火焰的霹啪聲。大家都屏住呼吸，看著我和妮梅特。

輪到我了。

「妮梅特和我今天剛認識，但今天是漫長曲折的一天。我們交換了所知的情報。我們認眞考慮了很久，相信我們有了可怕的發現。」

室溫升高了。薩米坐在希克梅旁邊的沙發，從口袋掏出一大條白手帕擦額頭。

聖戰2000顯得有點憤慨，所以我趕快提到他，概述我們在土耳其電信公司的歷險。腦中有個聲音慫恿我告訴大家昨晚他在飯店跟帕米爾玩耍的事。我忍住。

「唉唷，你說一下子就會結束，現在還在暖身。呃，我跟你直說吧。我最晚必須在廿分鐘後離開。我要趕場表演。不能讓觀眾久等。不然我的事業就完了。我還得準備，我討厭匆忙。」

「準備」也不過是在她下巴補妝吧。有的小姐臉上一有毛髮跡象就會崩潰。邀澎澎來眞是失策。她看過世界上所有英國犯罪推理小說並不重要，她永遠不懂怎麼表現得像個冷血的上流人士。沒耐心、多疑又喜歡成爲注目焦點——這就是澎澎。或許「明星特質」就是這個意思：無論如何都要搶鏡頭的強烈欲望！

「耐心點，親愛的澎澎！」我說。

「親愛的，我想要配合你，但你似乎還不懂。我有表演。沒人在乎！我還得化妝換衣服……你懂吧！」

她焦慮地揉下巴，證實了我的懷疑。

「親愛的，快了，快了。」我說。

我轉向妮梅特表明輪到她了。

她坐直身子用打量的目光掃過每位客人，這是計畫中的關鍵部分。當她的目光對上客人的眼神，我小心觀察他們的反應。

「我們在法魯克的檔案裡發現了一些重要文件。起先，我們不知道那是什麼。然後，沃坎先生保險箱裡的一張紙條，和從凱末爾先生收集的電話和電腦紀錄發現的細節幫我們拼湊出關連。長久以來我們忽略了一個細節，但現在我們確定了。」

一陣沉默！

她轉向我，這下我們都確定了。

「有人勒索了法魯克先生好一段時間。」我說。

在此注意每個客人的反應很重要，我們事先就講好誰負責觀察誰。

當然，沒耐心的澎澎又插嘴了：「牛郎沃坎！」

「不，不是他。」我說，「他只是個中間人。其實，他只是個工具。」

「什麼？」薩米先生回應，用手帕擦擦朦朧的眼睛。「發生這種事我不可能沒發現，我們記帳很仔細的。」

「沒錯，薩米先生。」妮梅特說，「你確實不知情，你也被利用了。」

薩米揮揮他的大手帕，迴避眼神接觸。

「怎麼可能，女士！」他反駁。

「但是為什麼？」妮梅特女士堅稱，「你比任何人都熟悉沃坎。你使用他服務的次數或許比任何人都多……所以你現在才冒汗。」

妮梅特的蜂蜜色眼睛盯著他。「我不知道你的癖好，我也沒興趣。意思是，直到今天。臥室的事是隱私。我不在乎誰做了什麼，我也沒權利干涉……但是有人影響了你。」

「這都是沒有根據的影射！」薩米叫道。

正如我想的，他很性急。我對男人從來不會看走眼。

現在輪到瑞菲克引起騷動，暗示薩米和沃坎有染讓他承受不了。

「這樣誹謗死者！你們好大膽……」他說，然後被歐坎刻意打斷。

「別把我哥扯進來！」

「沒人像我這麼愛他、了解他，你們不懂嗎？」濟亞從後方咕噥，發出哽咽啜泣的聲音。

「沃坎先生的命案完全是另一回事。」妮梅特平和冷靜地說，「人人都有動機殺他，你們都同意吧？」

我接續她的話。

「濟亞先生，你很愛他。」我說，「你願意做任何事讓他永遠跟你在一起。當他離開你，你用刀威脅他。我們怎麼相信你沒有殺他？」

「我怎麼忍心傷害我愛的人?這隻手可能殺他嗎?我發誓,我寧可先砍自己的手!」他哭道。

「但是你讓他捲入這一切,承認吧。都是你!」歐坎大叫,作勢撲向濟亞。瑞菲克和賽錫克把他按回椅子。

「那你呢,歐坎。」我問,「你喜歡你哥哥,但他無法應付你對毒品和錢的需要。他死後,你搜索他的東西,希望找到人勒索。如今他屍骨未寒,你爲什麼來這裡?你不是爲了哀悼哥哥,而是打算向法魯克和妮梅特要錢。」

「胡說!」他吼道。

「我還在呢。」妮梅特駁斥,「你說你有殺傷力的證據想講價。別想否認,沒用的。」

賽錫克向我眨眼表示他準備好介入了。我按照事先說好的眨眼回應,讓他知道還太早,一切仍照計畫進行。

濟亞目瞪口呆。他甚至不哭了,瞪著歐坎。

「你這吸血鬼!」他說,「是你幹的,你就是這種人……」

不知何故瑞菲克受影響最大,淚水流下他的臉頰。我不懂爲什麼。關他什麼事?

妮梅特繼續用不帶情緒的語氣完美地扮演她的角色,雙手交疊在大腿上。她偶爾停下來看看我們的賓客,直視相關者的眼睛再繼續講話。她的語氣和發言完全沒有惡意、仇恨、同情或譴責的跡象。她自制又誠懇得令人羨慕。

「透過你我們才知道勒索令兄客戶的事情,勒索的金額。他的死表示你會有新生活。只有令兄會妨礙你取得你認定的財富。」

「而且你出租小巴的收入也不錯。」我補充。

「你什麼意思？這是在指控我嗎？」歐坎驚慌地問。

瑞菲克愣住，張著嘴，下巴合不攏，眼淚停在臉頰上，望著妮梅特。

「不是。」妮梅特說，「我們沒有指控你。只是指出你也有動機。未必表示是你殺的。在某個角度，這也等於殺死金雞母。你不會這麼笨。」

「所以不是他，對吧？」瑞菲克問。我嘆一聲，他滿意地繼續大聲哭哭啼啼。

「這戲拖得越來越長了。演得越久，變得越醜陋越混亂。」澎澎說。

「閉嘴聽著。」希克梅說，優美的聲音嚇了所有人一跳，他的手掌和手指都很大。他轉向妮梅特說，「請繼續。」

妮梅特看著我，輪到我了。

「容我繼續。」我清清喉嚨說，「這時有點混亂，因爲我們還沒把所有碎片拼在一起。但是跟卡儂女士有關。」

我提起她名字時沒理由聲音沙啞。我不習慣坐在火堆附近，或許是煙霧，太嗆了。

卡儂．哈諾格魯．佩克登冰冷的眼神像致命武器射向我。

「莫名其妙。」她甩頭說，「你無法證明什麼。」

她伸手到鑲珠寶的提包，掏出一根菸。用都彭打火機點菸時她的手一點兒也沒顫抖。她翹起腿，看著妮梅特。好漂亮的腿！

「我們可以證明。」妮梅特說，第一次顯得有點激動。「電話記錄透露了很多。是你安排一切。你覬覦令兄——我先生——的財富，你的生意計畫失敗後都靠法魯克收拾。只是爲了保護家族名譽，我們的家族。稍微有點醜聞，我們就全部毀了。你向來是全家的寶貝，法魯克或許也對你沒辦法。我不曉得。你說呢。法魯克對你有求必應，從不讓你負責任。但是你的生意一再失敗。你太貪心，超出自己能力範圍。總是以災難作收。詳情全部記錄在法魯克的帳簿和筆記裡。殘酷的事實和冰冷的數字。法魯克花了多少錢救你……我在樓上全有資料。」

我眼前上演的是普通的家庭糾紛，或許醞釀了許多年。

「如你所說，我們是家人，他承擔維護名譽的責任。他當然會支持我。」卡儂說。

「但是後來情況變了。」妮梅特說，這時她直視卡儂。「薩米以合夥人的身分注意到出了什麼事。原本可以帶來高報酬的資本被用來資助你，必須有人阻止。他跟你發生衝突。但你知道他有嗜賭的弱點，還喜歡年輕猛男！你安排賭伴陷害他，讓他負債。爲了保護家族名譽與生意，他不能公開玩。當他陷得越來越深，變成你的玩物。至於年輕男人，我們不知道你怎麼認識沃坎，或誰先跟他上床。但我們有你跟他在飯店開房間的收據。」

這時我需要不只一雙眼睛。我必須同時觀察濟亞、瑞菲克、薩米、卡儂，和哈魯克的反應。卡儂咬牙切齒聽著。她的臉色緊繃到好像整形手術失敗：瞇著眼睛，額頭突出，抬高眉毛，抿著嘴唇又咬緊下巴！她不發一語。如果她開口，咬緊的下顎或許會碎裂成千萬片。

可憐的哈魯克·佩克登顯得很震驚。我想把他抱在懷裡安慰，像他這樣的人被劈腿了！而且還是牛郎。但是話說回來，對方不是普通的牛郎……

「卡儂介紹我認識沃坎的！」薩米站起來大叫，扮演受害者。希克梅把他按回座位。

卡儂爆出一陣虛僞的笑聲。好假啊！

「如果是我又怎樣。」她無恥地大聲說，「薩米的生活中需要個堅強的男人，沃坎是最佳人選。眞正的專家。他們是絕配……所以呢？」

她噴出一團菸，看得出來她動搖了，翹起的腿煩躁地來回晃動。

「我警告過他，叫他遠離你們這些上流社會的人。我收容他，給他所需的一切。但是他不聽，要是他聽話就好了。」濟亞咆哮。

「這是重點。」我說，「但是事實上，薩米跟沃坎交往並沒有害處。抱歉，瑞菲克，我這麼說你可能會傷心。但這是實話。問題在於薩米的恐懼和自艾。他很羞恥，就像現在。」

我停下來看著他，他正忙著擦眼鏡。

「夠了。別再流汗擦眼鏡了！」我說，「先生，我快發飆了……至於你，卡儂女士，你利用了他的羞恥感。你強迫薩米把沃坎送給某些你的重要客戶，免費招待。像糖包一樣！你也利用他收集那些客戶的情報……目的是勒索。如果有人發現你在做什麼，法魯克就完了。沒人希望放高利貸的——抱歉，妮梅特——知道太多又可能改天回來勒索他們。至於沃坎，他不是笨蛋。他保留了所有客戶的記錄，需要什麼東西就敲詐他們。不久就被法魯克先生發現了……」

「……並且出手干涉。」妮梅特繼續說，「起初，他不懂眞正的情況。有的客戶無緣無故多付了錢。直到許久之後，歐坎先生上門拜訪，我們才發現理由。法魯克得知某些資金被直接挪用到卡儂的個人帳戶。我記得很清楚那一晚卡儂和哈魯克也來了。當時我在客廳，跟哈魯克玩紙牌，而你，卡儂，跟薩米和法魯克關在書房。」

紙牌？哈魯克和妮梅特，像老女佣在客廳玩紙牌？我只能想像綠色桌布和哈魯克一旁記分的場面。我立刻把他擠出畫面。

「夠了。」哈魯克初次反應，他聽起來好像快要輸掉官司的刑事律師垂死掙扎。他站起來。「這些胡扯是什麼意思？你怎麼能指控卡儂？」

「因爲她有罪！」我叫道。

哈魯克震驚地睜大眼睛，他似乎暫時無法呼吸。然後他轉頭看著卡儂。她只聳聳肩。我的哈魯克頹坐到椅子上。

「但是爲什麼？」他呻吟說。

這句「爲什麼」表達的是多重痛苦的疑問：爲什麼欺騙我。我做錯了什麼。一個妻子怎麼能厭倦像我這樣的男人。牛郎能給她什麼我沒有的？

「錢。」我回答，「顯然，她需要更多錢。她在玩一個愚蠢又危險的遊戲。勒索自己的哥哥，破壞他的商場關係。順利時要錢很容易。起初，薩米任憑她擺布。沃坎確保了這一點。事實上，我們有信件顯示薩米先生對沃坎多麼生氣。他甚至會吃醋。爲一個牛郎吃醋！」

我偶爾用眼角瞄向澎澎。面對這麼驚訝的場面，她不斷轉頭看著講話的人。

「我愛他。」薩米含糊地說，「遠超過你們任何人知道的……我們的經歷很特別。」

「不像我，你才沒有。我愛他。懂嗎？」濟亞在後面低聲啜泣，「我願意爲他死！上刀山下油鍋！」他語氣悲慘外表狼狽，他也知道沒人在聽他說。

「呃，最後他是我的情人……我們一起夢想著新生活。永遠在一起……」瑞菲克插嘴，「我們打算到國外旅行。」

薩米冒汗的臉孔氣得脹紅。「你！你從哪裡冒出來的？」

整晚安靜地坐在輪椅上的凱末爾小聲吹個口哨說，「這下越來越複雜了！」

現場有三個男人，全部宣稱是沃坎的畢生摯愛。他們三個淚眼汪汪面面相覷。幸好，瑞菲克還有沃坎的弟弟歐坎，差堪告慰。至於濟亞，他只是靜靜地哭泣。

「你或許很愛他，薩米先生，但並無法阻止你把他送給別人。」我說，「而且也是薩米安排資金轉移——無論法魯克是否知情——到卡儂的倫敦銀行帳戶。沃坎變得貪心。他發現了他的顧客群多麼有錢有勢，他也想要分一杯羹。不知怎地，法魯克發現了。切斷了薩米和卡儂的財源……對吧？」

「不盡然。」薩米說。

「總之呢。」我繼續說，「那天晚上，薩米和卡儂把計畫付諸行動。或許是他們先前擬定的。我們無法確定。他們用法魯克先生的手機打給沃坎。其中一人甚至可能隨身帶著他的手機。我們只知道某天深夜有電話打給沃坎。沃坎失控了。他威脅薩米。薩米在那宿命的一晚跟他見了面！」

「不，不是我！」

他再這樣冒汗下去，搞不好會脫水。

「那麼是誰？」妮梅特問，「不可能是卡儂。那一晚她在夜店，有證人。」

「喔，你是說那一晚呀？」澎澎說，終於了解我們說的是哪一晚。「當然，你們來看我的秀。」

「連我都在場。」我補充。

「我們雇了別人……」薩米低聲說，公開自白。「是個小混混。我們跟幾個人有聯絡，他們有時候挺好用的。」

濟亞、歐坎和瑞菲克都瞪著薩米。

「你還宣稱你愛他……」瑞菲克譴責地說。

「眼鏡仔，你麻煩大了！現在你得跟我交代。」濟亞怒吼，發出一連串威脅描述薩米落到他手上會怎麼被修理的細節。

賽錫克在椅子上不安蠕動。

「你有什麼具體證據嗎？」他詢問。

「我們有一大堆檔案和文件，但是你必須自己清查判斷哪些你們可以用。」我說。

「我們繼續吧。」妮梅特起身說。

「薩米殺了沃坎，即使不是他親自動手。但所有證據都指向法魯克。如果他被監禁，無法管事，他們就可以接管生意。」

「但是後來哈魯克先生救了他。」我說。

哈魯克仍然顯得很頹喪，從另一個角度看也很迷人。

「那個白癡。」卡儂罵道，「一個人怎麼可能如此痛恨這樣的好人呢？

妮梅特跟我輪流迅速發言。

「沒錯，哈魯克盡全力幫法魯克辯護。」妮梅特說，「對他的指控充滿矛盾。我想他或許還對哈魯克透漏過他的懷疑。」

「對，我確實發現了一點。」哈魯克低著頭說，「卡儂嚴重透支。」

「還有。」我說，「我們在這時候出場了：我和凱末爾！但是誰雇用我們呢？哈魯克！為什麼？為了救他老婆和法魯克。哈魯克付我們很多錢，也達到目的。但他的網撒得太寬。如果他只刪除幾筆電話記錄，凱末爾和我就不會起疑。但是國外的部分引起我們的注意。」

「資金總是透過澤西島跟倫敦轉帳，我必須刪掉那些記錄……」哈魯克低聲說。

卡儂厭惡地看著他。

「卡儂自然發現快要東窗事發。」我說，「法魯克變得太危險。她攤牌，但他當時根本還沒被捕。」

「於是我們來到法魯克過世那晚……」妮梅特說，她說得比剛才更嚴肅。右手把玩著她的項鍊。「法魯克獲釋後，很多人來問候他。我太丟臉又生氣不敢離開房間。但我知道最後三個訪客是薩米、卡儂和哈魯克！」

「三個主嫌。」我說。我好希望不是哈魯克幹的。卡儂可以去坐牢，他就是我的了，我會去安慰他。「那晚有一個或幾個人說服法魯克出去外面碼頭，然後他就落海了……」

「他的頭上先挨了一棍！」聖戰2000提供重要的細節，「是用鈍器。當時我在竊聽警方的無線電。」

我默默誇獎他，有時他多管閒事的執念真有用。

沒人說話。氣氛緊繃得簡直可以用刀子切開。

「如果我們考慮薩米體型瘦小……」妮梅特打破沉默，「法魯克是個大男人，在晚期甚至有點粗壯。」

大家都盯著卡儂和哈魯克。

「唉，好了吧。我懂了……」澎澎站起來說，「我遲到了。你可以晚點再告訴我是誰幹的。我腦子已經很混亂，連歌詞都快忘光了。」

她跟妮梅特握手準備離去時，「很感謝你們邀請我。你們的房子真漂亮，希望改天有機會再來。」她說。

「當然。」妮梅特勉強回答。

賽錫克急著收尾。

「我叫警員進來……」他說。

「拜託……」卡儂淚汪汪地說，她用剛修剪過的手指擦眼睛。「哈魯克，想想辦法……請不要叫警察……」

澎澎也忍不住回頭看了看。

「唉呀，你是說你們做的？」她叫道，終於了解情況的嚴重性。

卡儂崩潰。我們都沒料到。她歇斯底里大哭，不在乎化妝糊掉。以往睥睨眾生，尤其是我，的時尚女郎不見蹤影。我幾乎爲她難過。

「他背叛我……他不肯聽我解釋……我能怎麼辦……一切都毀了……我還能怎麼辦？」

哈魯克擁抱她。我認爲沒有必要。應該抱我才對。

「警察來之前可以讓我們獨處一下嗎？」他問。

38

那晚發生的一切正如妮梅特和我的計畫，宛如阿嘉莎．克莉絲蒂的小說，甚至更棒，像眾星雲集的改編電影結尾。《東方快車謀殺案》、《尼羅河謀殺案》、《破鏡謀殺案》和《豔陽下的謀殺案》都比不過我們，即使有史恩康納萊、英格麗褒曼、貝蒂戴維斯、瑪姬史密斯、洛琳白考兒、賈桂琳貝茜、黛安娜里格、伊莉莎白泰勒、珍柏金、米亞法蘿和安東尼柏金斯主演也一樣。

卡儂和薩米被套上手銬帶走。多虧了賽錫克，摧毀電話記錄的事情被善意遺忘。畢竟，聖戰2000和我幫忙偵破了兩件命案。

丈夫殺人的疑雲澄清之後，妮梅特展開痛苦的哀悼過程。我們希望能定期互訪，甚至談到一起去度個短假。她一直想去克羅埃西亞海岸。「達爾馬提亞一定會很棒。」她說。我們還沒有機會定出明確的旅遊計畫，希望我們能交上朋友。但如果成眞，她一定會成爲我小圈子的新成員。

阿里發現情況多麼凶險後嚇壞了。我猜他不敢接非法生意了，至少會收斂一陣子。我也預料公司的收入——跟我的收入會減少。

凱末爾，別名聖戰2000，後來定期跟帕米爾見面。就我所知，他不再開五星級套房，改去比較平價的飯店。「反正我只會看她。」他宣稱。帕米爾回嘴，「唉唷，我可是專業人士呢。」

有一陣子大家都沒看到瑞菲克，無論在店裡或其他地方。聽說他跟情人度長假去了，不是去突尼西亞就是南部的村莊。謠傳他正在撰寫下一本傑作。

當然，薩米入獄了。如果他出得來，濟亞·哥塔斯或許會實踐他幫沃坎報仇的誓言。

我們還得處理哈山社區裡那個人渣，我不想麻煩賽錫克。或許我能找到別的辦法。我正在考慮。

哈魯克·佩克登還在牢裡。我無法想像他坐牢的樣子。希望不會出什麼事，他別變得哀傷頹廢，變胖或變瘦太多，或者失去他的迷人相貌。他只被起訴為刑事從犯與隱匿證據。無論如何，他會比他老婆卡儂早出來很久。我仍然抱著希望。誰曉得呢？

藍小說263

牛郎謀殺案

作者—馬赫梅．穆拉特．索瑪
譯者—李建興
主編—嘉世強
美術設計—白日設計
責任企劃—王君彤
董事長
總經理—趙政岷
出版者—時報文化出版企業股份有限公司
10803臺北市和平西路三段二四〇號三樓
發行專線—（〇二）二三〇六—六八四二
讀者服務專線—〇八〇〇—二三一—七〇五
（〇二）二三〇四—七一〇三
讀者服務傳真—（〇二）二三〇四—六八五八
郵撥—一九三四四七二四時報文化出版公司
信箱—臺北郵政七九～九九信箱
時報悅讀網—http://www.readingtimes.com.tw
時報出版文學線臉書—www.facebook.com/readingliteratue
電子郵件信箱—liter@readingtimes.com.tw
法律顧問—理律法律事務所　陳長文律師、李念祖律師
印刷—勁達印刷有限公司
初版一刷—二〇一七年三月三十一日
定價—新臺幣二八〇元
（缺頁或破損的書，請寄回更換）

時報文化出版公司成立於一九七五年，
並於一九九九年股票上櫃公開發行，於二〇〇八年脫離中時集團非屬旺中，
以「尊重智慧與創意的文化事業」為信念。

國家圖書館出版品預行編目（CIP）資料

牛郎謀殺案 / 馬赫梅.穆拉特.索瑪著 ; 李建興譯. -- 初版. -- 臺北市 : 時報文化, 2017.03
面 ; 公分. -- (藍小說 ; 263)

譯自 : The gigolo murder

ISBN 978-957-13-6922-8(平裝)

864.157　　106002019

The Gigolo Murder

ISBN 978-957-13-6922-8
Printed in Taiwan